U0010599

北大武山之巔
i cingur i tjagaraus

排灣族新詩

讓阿淥・達入拉雅之◎著

晨星出版

如果水泥取代石板做成了屋瓦

洪國勝（高雄市臺灣山地文化研究會創會長）

　　屏東縣瑪家鄉排灣村，現居地在笠頂山東南方山腳下牛角灣mapailat地帶，包含排灣paiyuan與射鹿caljisi、高燕tulinau等三部落。排灣paiyuan部落原居地在鱈葉根山tjanavakung東北方標高約一千公尺處，隔着南隘寮溪的對岸，幾乎等高度的山坡上，就是射鹿caljisi部落，由此向北方約四百公尺處，就是高燕tulinau部落。

　　射鹿caljisi與高燕tulinau二部落，由旗鹽山cekecekes東北側的kalicekuan移出，而原始居住地在旗鹽山北方懸崖上，稱為kapadainan，也就是padain族群的發詳地。

　　padain是排灣族最古老部落，傳說是創世女神saljavan降臨之聖地，在此創造族民，亦是眾神聚集與祭儀發源地。至今，排灣族與魯凱族的搖籃曲仍然保留ti saljavan i padain，而祭師在祭儀中所唸之祭詞也會提到padain或kapadainan。可是，因在僻遠山區，自荷據以來，一向被疏忽，相關文獻記載殊少。

　　射鹿caljisi與高燕tulinau二部落由kalicekuan分出，分出的兩代前，因婚姻關係，大頭目kazangiljan liyuz入贅於taruljayaz家頭目vavauni，於是padain族群遂轉由taruljayaz家治理，延續padain正統香火。

　　本詩集作者為taruljayaz後裔rangalu（讓阿淥‧達入拉雅之），自幼跟隨在父親cegav身邊，父親cegav是padain頭目，是鼻笛、嘴笛、口簧琴、口琴的演奏家，是木板、石板雕刻家，是獵人，是農夫，是部落歷史典故傳承者，是傳統歌謠演唱者，是石板屋築建者，精於製刀、造槍……。從小就是孤兒的父親cegav集所有能力於一身，經常為族民解決大小事情、到其他部落談事或到山上生活，rangalu詩深受傳統意識薰陶，尤其在母語對談與應

用上，在同儕中的確是佼佼者。

　　去年五月的一場車禍，父親cegav不幸仙逝，母親sauniau迄今仍然處於昏迷狀態；去年八八大雨，辛勤重建中的射鹿caljisi部落，除了頭目家的石板屋之外，皆消失於土石流中。rangalu強忍着悲傷，將盤旋在腦際已久的影像，透過敏銳的思潮，用筆尖以流暢的母語傾訴；至於翻成中文，rangalu不咬文嚼字，也不用華麗辭句，以樸素的字眼，輕輕鬆鬆一筆帶過。字裡行間，諸多神話故事成為可朗誦的詩，自然流落對外祖父母、父母親、石板屋部落與周遭族民的懷念與不捨，一篇篇都值得慢慢品味、細細品味。也許有一天，讀者你會親臨現今排灣村的padain部落，分享濃濃人情味，然後翻山越嶺到古老的padain部落，陶醉在詩集的意境裡。

　　在此，引出rangalu詩中兩句：「如果水泥取代石板做成了屋瓦，那麼，我們的呼吸是否會順暢？」「要往天堂的路該怎麼走？是否可以回到我心的天堂！」，身繫padain族群與taruljayaz家族的榮耀，rangalu在懷念與不捨之外，最憂心傳統的維護與如何接承，如果讀者你有所感動，一起來為padain努力吧！

2010.08.08

承先啟後、繼往開來——與讓阿淥共勉

王春智／頭目賜名langpav

（高市社區大學自然生態社指導老師）

　　2003年高市社大「古道‧生態‧原住民」學分班轉型，成立自然生態社；透過長期研究原住民文化的洪國勝老師引薦，認識了李正頭目，也開啟了生態社學員們數年多來，一波波、一群群猶如鮭魚返鄉潮，或獨行或相邀地前往巴達因caljisi（射鹿部落），我們心中共同認定——山上的家。

　　巴達因caljisi（射鹿部落）位於屏東縣瑪家鄉，群峰峻嶺、深山叢林間；車行至舊筏灣部落後，所有上山要用到的、吃的、穿的、睡的以及影像器材等，都要裝填進背包內，然後步行兩個多鐘頭才能到達。對於許多新學員，尤其是部分沒有登山經驗，甚至連重裝都沒揹過的夥伴而言，這一段山路真正考驗著他們的體力、毅力與決心。也因此每個學期初都會安排上山，除了是團隊戶外生活的體驗外，最主要是大夥們愛上了巴達因，思念著頭目和伊娜。

　　李正頭目和伊娜，以及幾位族人回歸巴達因傳統領域，用祖先農耕與狩獵的方式生活；蒼穹為幕、山林為伍、大地承載其間，悠遊自在、怡然自得。頭目待人親切、誠懇自然；言談舉止間，皆呈現著頭目的風範。

　　在缺乏電器化設備的山上，夜晚是不會寂寞的；除了四季不同變換的滿天星斗，與豐富精采的夜間生態觀察；頭目幽默風趣、才華洋溢，單管口簫、雙管鼻簫和口琴，樂曲吹奏一一精通，餘音繞樑娓娓動珥。間奏時，頭目會清唱古調，聲音時而低沉、時而高昂，轉換音時情感自然流露，雖不明瞭箇中之意，但悽涼悲愴充塞其間，淪肌浹髓，聞者莫不動容。頭目還有著說不完的神話故事：撒拉萬創世女神、花豬退洪水、眼睛會殺人的巴

力、腳踏射鹿溪兩岸的巨人、小鳥啣來三顆巨石⋯⋯。

2009年5月，頭目在排灣村的家附近遭酒駕者撞擊，急救不及而身故，伊娜當場昏迷，意識不清至今還在醫院中療養，巴達因家族遭逢劇變、痛失大家長。8月的莫拉克颱風重創台灣南部，山上的caljisi也土石橫流，幸得頭目親手建造的石板屋還完好存在，只是通往山區的道路坍塌多處，至今未通。天災地變、噩禍橫至，巴達因眾親友無不擔心文化斷層，與傳統之無以為繼⋯⋯。

欣聞頭目的么兒讓阿淥，整理近幾年的詩作即將出版成書。詳閱其文稿，著實令人感動；文意間生動醒目、活靈再現，彷彿又回到山上與頭目在一起的生活歲月，尋常且安詳，頗有乃父之風。感動之餘，誠為排灣族古老文化發祥地之巴達因部落，傳承有人後繼可期，額手稱慶歡喜喝采。

2010.08.12

kasegadjuan a na mangtez a caucau

rangalu · taruljayaz

maljimalji a ta kavuvuan a tua ta vuvu anga. sini patjuqulj iten tuluan iten tua aicu a namanguaq aravac a ljavaran. a tyav a tjaisangas ata kinaizuanan i gadju i kavulungan katutazua a i kacuwan,na maseqet a ta sipatjatjevelavela a ta ljavaran a kinacalisian. a qinaljan kaizuanan i gadju. ta sipatatulutulu tua ta kakudan itua ta sikacu. na mayatazua a namanguaq a ta inatjevetjeveljan. siayanga na seman djalan iten i tua qaciljaciljay i tua ljaviyaviya atua cacevacevan a djalan a mana na sedjaljep tanuiten a i gadju a caucau. patetucu tara i namaya iten a mapuljat a kamayan a ta singelitjan tua ta pinakazuanan a sicuayan a na igadjugadju a nan katutazua. ljakua izua a mimaulavan a satakudain a ta sepi a malaing aya anga nu qivu uta.

piqadjav anga, kamayan a qadjaw a tevutja kemasi kacedjas,kamayan a gadjugadju a tja inasaljingan. ljakua nakuya ini a masalu tu mapavalivalit anga a ta kakudjan a kacalisian. tapiliqen a talja kaqulidjan i tanuiten a mare a inamacidicidiljan a kaimadjuan niten. atua titen, kasegadjuan a na mangtez a caucau.

a cinalivatjan nua zikang,masavid iten a ljinakeljakev nua cemas nua ta kavuvuan, i tanuiten i kacalisian neka numakaya itukudja . kemasi tua ta inalivuan itua ta kaqinaljan i gadju sate iziu a malauz i ljakinakinain, ta djangdjangen a semapay sata tinuqutuqulj a kemacu a vaik a matua vaquan a uri ta kaizuanan,aicu a ta pinakazuanan a ta likisi a titen a kacalisian,cinepuan tua luseq tua djamuq,ljakua aicu a ta sipasa nanguaqan a ta sivaikan,mavan a na makaya iten a na suljivat a temavelak tua aicu a ta sepi.minljepuljeput a nan a djamuq itua ta pungka a ljavaran, kemeljakeljang a nan a ta kakudjan itua

從山裡來的人

讓阿淥・達入拉雅之／漢名李國光

　　感謝我們的祖靈和祖先，他們傳承給我們如此美好和教導我們這麼重要的語言文化；從前我們所居住的大武山世界，族人的語言通行流利，部落原本就居住在高山上，我們在生活中相互的學習技能，相處的環境是何等融洽，更何況我們族人融入天然開闊山林行走在芒草間的碎石路和懸崖斷的古道上，直到如今或許我們都一樣仍舊還依戀著山中篳路藍縷的痕跡；或者寧願裝作已經忘記和感嘆著說這是我們的命啊！

　　每天旭日依舊從東邊升起，我們仍嚮往著山脈的稜線，但是我們不得不去面對在淺移默化之中，原住民的習慣一直在改變。我們應該要選擇最適當針對族人最貼切的屬性，去面對我們的未來，只因為我們原本就是從山裡來的人。

　　時間的流逝，在族群裡面我們任何一個人都缺一不可。從我們的原始部落裡移居來到山腳下，族人篳路藍縷、承先啟後的開闊我們的新天地。原住民所經歷的是淚和血的交織，但是我們樂天知命的態度，還是欣然的承受了這命運的安排；我們的語言血脈還在跳動著，我們的傳統習俗還有些知覺，即使洪水沖走了家園，我們依然還記得走過碎石路，那一段可以在一起努力相互扶持和將盼望寄託於日月星辰時所走過的山中歲月；更值得慶幸的，直到現在我們還能夠繼續的在使用我們的語言來作交談。

　　本著作書名「北大武山之巔──排灣族新詩」，即是以精簡的詩句來描述作者自幼於山中的生活寫照，和在射鹿部落的成長經歷，以及下山前往都市就業工作之後對部落的感念所寫成的新詩。對於過去的歷程，作者跟許多人是一樣的，渴望著急於去學習保留我們原住民的習俗文化，因此有感而發的創作，而最主要的目的，無非是希望我們祖先從遠古所流傳至今的原住民語言能

ta inatjevetjeveljan, na mapuqenet a nan azua ta vinaikan tua zua qaciljaciljayan a djalan, ta inacyucyuran a isamulja a ta inamare a papusalasaladjan katutazua a cavilj. sa na peleva namakaya a nan iten a matjatevelavela tua ta ljavaran patetucu.

aicu a qinacuvung anga sinan sunat , " i cingur i tjagaraus nua paiwan zuku a vaquan a senai" nuaya, avan a temaucykecykel a remikirikitjan a seman senai itua sinljavakan itua inameqacan a qinaljan i gadju i caljisi katutjazua a na puvecik , sa masi qaqunuan sa mekurar anga sasav au mamaza i lizuak a ipusengsengan, au cinalivatjan anga nua zikan sini isusingelingelitjan tua pinivarung a qinaljan sa zinuluzulu a venecik a saman senai , namaya tanuiten uta mapuljat, namakelekele a na maqusav a iljaljungu a itulu tua niten a kakudjan a kinacalisian. sa penaula a sivecik anga. au a talja pinaka pazangalan anga, mavan aicu a tja ljavaran a tjinuqutjuqulj nua ta kavuvuan anga kemasi mamiling, au patetucu ulja na patepalalaut sata si isamulja aicu a ta kakudjan a makaya na sepulinget aya azua vinarungan a na saljinga.

a vilivililjan , imaza a en a ipu djavadjavai a ipu maljimalji pitua aicu a u inalangan a sunat. turuvu a na kiljivak a na papupicul, saka na makaya na maqacuvung aicu a inipusalimanan. atua timun a mapuljat a namaya isamuljamulja tua ta kinacalisiyanan a pakatua ljavaran. mamamav a ta vinarungan. ulja na makaya nu izua tua zua qadjaw anga, ulja na makaya masualap a qerepus saka mapacun a qadjaw i taiqayav, ulja na madjumak iten tua tjalja kaqulidjan pitanuiten.

繼續傳揚。

　　我在這裡要感謝在這本書的製作過程中，有許多貴人的關心和扶持，才得以在最後階段完成此作品。感謝洪國勝（ljaljiarav）會長、波宏明（puljaljuyan kalevuan）主任、王春智（langpav)老師、祖母（tuku tauquculj）、外祖母（sdjam rupavatjes）、石美花（pailis pacekelj）阿姨、曾琴妹（luan patjaljinuk）阿姨、巫福妹（kerker pacekelj）阿姨及吳美姬（kaljalju）和李月花（eleng taruljayaz）兩位姊姊，也祝福所有正在努力的關心原住民族語言的族人朋友們，我相信我們都有著共同的心願，就是期望著有一天可以撥雲見日，找回我們最真實的自己。

2010.08.26

目 錄 ●Contents

 卷一
外祖父母的哀歌

sicangicangid a senai ni vuvu（一）

na tengelay ti vuvu[1] tua sevalitjan
nu pacun tanuamen
qivu sakamaya a mayatucu
lja vuvu amin anga en a nu vuvu ri

nu pacun tua sevalitjan a vuvu
sazuain sa tjapuljui tua melavalava saka suregiregi a lima
tavelaken a mudjingan nua vuvu pitjaiqayav a pacun
kelju u sangutjav aya

semangut
selizen a djaqis nua sevalitjan a vuvu
vuvu amin anga en a nu vuvu
ai~í
na mapaula en aravac
kemeljang mun

2008.08

1　vuvu：即排灣族語中，祖父母或祖父母輩的統稱，祖父母向其孫子女稱呼
　　時叫vuvu，相對的孫子女稱呼祖父母輩也稱呼對方vuvu。這裡指外祖父。

外祖父的哀歌（一）

外祖父最珍惜疼愛後代的傳人
只要看到我們
他總是會這樣說著
孫子啊　你們的祖父輩只剩下我一個啊

只要看到每一個他的後代子孫
他就會過去　用他厚實粗糙的雙手抱進懷裡
再將子孫的臉端詳在他的面前
來啊　讓我親吻

再深沉的親吻
並輕輕的擦拭著孫兒的額頭
孫兒啊　你們的外祖父只剩下我一個啊
阿咿呀
我是一個可憐人
你們知道嗎

vuvu　namakudja a su vuvu

tengelai ti vuvu a talju kasasavan a qemuncu
sa na qemilad i vavav tua tjagulj

vuluvulung ti vuvu
tu i pidja anga pasacuai a cavilj nua qinaljan imaza
azua huahua pini liljililjing
i namaya tai vuvu a pasavulung pai

kemeljang aravac ti vuvu
neka nu ini a keljangen ta ljaima tua tima a ngadjan ta i qinaljan
vuvu au sun a kemeljang

rukurukung ti vuvu
a i singidjan a cavilj sa marukung anga ti vuvu
pacun a en tua qinaciljay a upu i puvurasian
mavan awmaya a maqacuvucuvung a nan timadju
rusakuc aravac tua qaciljay katua vurasi

na qivu anga ti vuvu a mayatucu
na semakuc anga tua tjagulj timadju
na cemavulid anga tua syalangan timadju
na temukur anga tua venan timadju
vuvu　a u sun a venala aravac

vuvu　inusun a sinipualjak
vuvu　anema sukinan
vuvu　namakudja a su vuvu uta

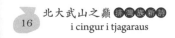

外祖父 你的祖父是什麼樣的祖父

外祖父喜歡坐在庭院的大岩石上抽著他的菸斗

外祖父很老
部落的年代有多久
放在屋簷底下的石臼
應該就跟外祖父一樣老吧

外祖父什麼都知道
部落的家族或是誰的名字他都一清二楚
外祖父為什麼你都知道

外祖父是駝背的老人
是什麼時候的年代 他就變得駝背
我望著的地瓜園裡的砌石
可能是在他年輕的時候
常常背負運送石頭和地瓜的緣故

外祖父說過
他曾經搬運過大岩石
他曾經扛過木樑
他曾經背負過水鹿
外祖父 你為什麼這麼的厲害

外祖父 你在哪裡出生的
外祖父 你都吃些什麼
外祖父 你的祖父是什麼樣的祖父

ni vuvu a papuqimang

izua putjainangan ni vuvu i ljaveljav
nia usayan atua cemas aya timadju
vaiki a kialju aya

izua ringay ni vuvu i cacavalj
u sini zunby ta u vuvu aya timadju
vaiki a ljemizav aya timadju

na kemarakarai timadju tua pauling
vucelacelai anga ngisngis ni vuvu
ini a rupancu ti vuvu
nu malikuculj mapacun a na sekararai a karai ni vuvu

matjucu timadju a qivu
ta sikapalisiyan a nan aya

djadjasen a nia lima sangutjen nimadju
sa sipadjadjas a nia lima ta nimadju a karai
sa palisi tjimadju
qivu a mayatucu
uri malap a u vuvu tua qaljemqemqem a alju
malap tua tikurai
malap tua tjakec tua vavui katja cumai
maka palisi anga
uri na patja djuljam anga sun nu taivililj tanuaen

2008.01

外祖父的加持

外祖父在叢林裡有蜂蜜窩
他說是和上帝一起管理的
他說著　走去採蜜

外祖父在郊外有設陷阱
他說我是為我的孫子預備的
他說　我們去巡視

他總是在他的腰帶子[1]裡放入菸葉
外祖父的鬍鬚已經染白
外祖父不常穿內褲
外祖父蹲坐的時候　陰囊吊著可以清楚的被看見

他就這樣說
我們先祭祀祈願一下

他抓著我們的手輕吻
再把我們的手拉去撫摸他的陰囊
然後開始祈願
他說
我的孫子會拿到甜美的蜂蜜
會抓到竹雞
會抓到山羌　還有山豬和熊
經過加持以後
你將來會比我更有能力和運氣

1　腰帶子：族語稱karai，有二種解釋：一即排灣族族人出外工作時或狩獵時
　　繫在腰際的帶子，可裝入菸斗、火柴、陷阱套繩等；二是名詞，指男性的
　　陰囊。

tima aza nu syayaya

qivu ti rakes a mayatjucu
izua za vuluvulung a na vaik a mazi cemecemel
sa inadjuq azua kaukav pizizua aya
qivu ti tjuqulj a mayatjucu
izua za vukavuka a pinitjatjan a cuacuai anga
qadav tu i nima azua aya

matatukaikai a ramaljemaljeng i qinaljan i cacavalj
na maka qacuvung anga sengsengan i puvasan
pasiqaca a senai nua tikuray i ljaviyaviya
uri masulesulem anga kaumaya

ti vuvu i rutjamkam qemuncuncu a na qemilad itua inupu a qaciljay
azua djalan timadju a na djemangdjang tua cemel
ti vuvu i ljiuc mapuapu a na iputaupu tua sibin
azua sinan qaljiv timadju ana pusalad
ti vuvu i ljemavau ati ina i maljeveljev temangtjangtjang tua pinkua
ti kama i ljamilingan semualalap tua ljavangas itua kasui nimadju

tima aza nu syayaya

2008.08

你們說的是誰

牛樟樹這麼說著
有一位老人走到森林裡
鐮刀還留在那裡忘了帶走
相思樹這麼說著
有一個鐵撬放在水源地已經很久了
不知道是誰的

老人們在部落裡在郊外各說各話
芋頭園裡的工作已經結束
芒草間的竹雞盡情的高唱自如
可能是傍晚來臨前的奏樂

rutjamkam祖父抽著菸斗愜意的坐在砌石之上
路上的草是他除的
ljiuc祖父咬著檳榔　頭上綁著毛巾
屋瓦是他幫忙做的
ljemavau祖母和maljeveljev姨媽包著檳榔乾
ljamilingan姨丈正在除去他褲子上的擾人草[1]

你們說的是誰

---

1 擾人草：即咸豐草。

milimilingan tai sa ljaljiarav

qivu ti vuvu a menilimilingan a mayatucu
na ipumaca timadju tua na ljequ a maca
na ipulima timadju tua na ljavingan a lima
a nimadju a ngalungaluan
tjakurar tua pinitjumaq a syalangan nua mamazangiljan

gemiring a vavui taimadju
timadju intjaljen a penanaq maucek i sauniuni
uzinganga a selem nuaya
timadju ácidjiljen a malipat azua zemzem pate aljian i djalan

izua mantjapuluq a qalja i tjaiqayav aya
timadju paljaligiligiljen

vaik a en a maqinacap aya timadju
ljemaljap timadju italad tua ljavia
sa laqiten azua qalja
manu irimu a djamuqan a veljeluan
na qyav a ljingav i vukivukid
veljeveljengan a i ljaveljav
tevutjavutja anga timadju kemasi tuqutuqulj ipasa navalj
ata vuvu anga ti sa ljaljiarav

2008.01

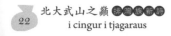

拉哩阿勞的故事

外祖父講了故事說
他裝上的是貓頭鷹的眼
他的手是一雙猴子的手
他的勇氣
可比頭目家中的主樑還要大

山豬向他吼
他用一隻箭就能射斃
黑幕即將蓋過時
他就隻身前往穿越過陰霾　直到黎明的到來

有十個敵人在他面前
他用智取的手段收服

他說他要去出草
他在芒草間埋伏
馘首敵人
血染溪流
聲音在禁地裡迴盪
叢林變得陰沉
他出現在南邊的相思樹林
我們敬仰的拉哩阿勞祖先

sicangicangid a senai ni vuvu（二）

avalanga a i cenceng a en ljaqunu

u sipakelai tua u quvis azua nu kinacu

kemeljang mun ta i djarumak

u djinaljun anga djemavac a qaqunuan a en

kemeljang mun ta i kavulungan

u djinavac anga malipat tua cemecemel demaljun i tuvecekadjan

ai～i mun a mare a u vuvu

a u nasi anga lja

na maqauzang a en uta tua u sevalitjan

kemeljang mun

itua u inituluan ta nemanemanga

u sinipapuljat anga tua u vuvu anga a u caquan

a i mun a uri namaya

2002.08

外祖父的哀歌（二）

猶記得我正值年輕力壯的時候啊　小夥子們
你們所帶的東西啊　我就掛在我的陰毛
你們可知道舊大南部落（djarumak）這地方
在我還小的時候就曾經徒步赤腳抵達過
你們可知道大武山這個地方
我曾經徒步穿越過森林直達舊七佳部落（tuvecekadjan）
啊～我說啊我的孫子們
在我短暫的生命裡啊
我也深切的期盼著我的繼承人
你們可否知道
我已經用盡我的才能
去學習按承我的祖父們的教誨
你們是不是也可以一樣啊

sicangicangid a senai ni vuvu（三）

ai a u vuvu
kemeljan sun qa tu tima en
su vuvu a en ri
amin anga en a nu vuvu
pacunu
tu i izua nan a nu vuvu a tima
macai anga mapuljat
ti su vuvu i sedjam a en
ai a u vuvu

si masan pidjalj aicu
tjalja vilivililjan
i ya
paria paria

2000.11

外祖母的哀歌（三）

啊　我的孫子啊
小夥子啊　你知道我是誰嗎
我是你的祖母啊
你們的祖母輩只剩下我了
你看
你們還有多少個祖母
都已經死了
我是sedjam祖母
啊　我的孫子啊

這是排行老幾
是老么嗎
是啊
很好很好

卷二 雨中河

atu intalj anga a si ilipi tua gadjugadju i mapacun a i kalevelevan

namakudja a ziday itua inavadjavadjayan
a tekeman a tjalja vilivililjan a qinaciljay a umaq
sinipadjadjas taima azua sausi
patetucu aku nama qeljev a nan a paling italad tua u varung

a talja vilivililjan tua djingkapan i gadju sa djekuac pasa i lauz
namakudja a talja sangasangasan tua djingkapan i kazatjan
itua djinaljunan katutazua na zua se gadju a caucau
itua kangakanga a na pareisumali a sipacunan
ai kemeljan tu sinidjekuac anga pasa tua vaquan a ziday itua dinaljunan
nimadju i kazatjan

tima na pasasin tua savid a na djuriyac a caucau itua supisupil anga sasin
tima anga a na ljemenguaq a pasedjalu tayamadju
au patetucu ai izua nan a paqenet
ai madjaljun anga talja putuputungan a djalan
azua djalan a sisa tjumaq
ai namakeljan anga

asicuayan
azua a gadjugadju nu ta si ilipi aza izizua djalan
imapacun anga i qinaljan aya ti kama na qivu
seladenga a en tua ljingav ni kama kemasi djeljur
ari vaiki anga maumaq aya
patetucu namapuqenet a na setjalad pini tua u vinarungan
tucu
a zikang a mapasuai anga aravac

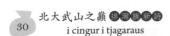

再一次的翻越過山脊就可以看見天堂

下山分離時的那段歲月是什麼樣的年代
當鎖上最後一間石板屋的門
鑰匙存放在誰的手裡
如今為何心裡的那扇門仍然上著鎖

當山裡的最後一步踩盡
踏入平地的第一步時的山地人
在他木然的瞳孔裡
是否知道自己已經踏進了新的里程碑

泛黃的照片裡都是睜著大眼的空靈　是誰照的
有誰親切的接待過他們
直到如今是否還有人記得
路的盡頭是不是已經到了
而往回家的路
有沒有預定是甚麼時候

從前
父親說　到了那個山邊的隘口再過去就可以看到部落了
聽到父親從山谷裡傳來的聲音
走吧
我們回家去
直到如今仍深埋藏在心底
現在
時間已是歷經多久

nama cemu anga kinan nua sasiq a syalangan
ini a nan a madjumak a sausi tu i pininu

namaya tua rusuku a sevalivali
maljepuljeput anga a nasi nia vuvu
aki izua sini i papusinukukuz tua kai
azua qinaciljay a umaq nu ngidja anga masuqeljev

pai vaaik a en a pasa gadju
uljizavav azua umaq
u djangdjangav azua djalan a uri si ilipi pasazua i qinaljan

italad tua cinalivatjan nua zikang anga
azua veljeluan a na ljamcam a palalaut
a i tjatjan a ásav
seqaljuqaljud a pini tua na mapuqenet a patepalalaut anga
au qadjav i napuqent a nan tanuaen

dudut anga tucu a djalan nu uri pasainu anga iten
ljakua menekaneka agan a senai a kinacu kemasi gadju
a i izua a nan a itulutulu tua sevalitan a caucau
manu namaya uta tiyamadu a ini a na pulingalingav
tu i paqulid tu izua angaatja aza sausi a namayatazua
a makaya semusukesuk tazua na djiljangan anga

pai patjelja kemudja
imaza anga a en itua tekeza
atu intalj anga a si ilipi tua gadjugadju i mapacun anga i kalevelevan

2010.05

木樑風化蟲子蛀壞
鑰匙依然未曾尋獲

像風中的殘燭
祖父母的生命逐漸的在消逝
是否曾經有過清楚的交代
那一扇石板屋的門何時才會打開

那就讓我去山上吧
我去探望那一間房子
我去山邊通往部落的道路把已經長高的芒草砍除掉

路邊的溪水
在時光裡依舊清澈如昔
水源地的落葉
漂流在永恆的記憶中
不知道　是否還記得我

如今路途不再遙遠
然而從山裡帶來的歌聲正消失當中
後代的人們是否還會有人願意學習
還是他們也一樣困惑著
是否真的有那麼一把鑰匙
可以打開已經鏽蝕了的鎖

就去看看吧
現在已經到達了橋上
再一次的翻越過山脊就可以看見天堂

ini a ma'a taula itua vinarungan

a vaik sun
pantezan a en nua sapulju
u sipacukin a u singelitjan
ini a nan a demaljun tua papamav a vengin na mapeljuq anga

su taulan a su deli pitua u varung
manu ini anga sun a cemikel a kiljivak

temalatalav a en tua zikang pi qadaw anga
semupusupu a en tua su deli pisulem anga
ai~ anga u i na tengelayan
a u nasi anga pai
ti sun a u kaka
italad itua u saleljeseljan
manu talja ini a maka taula itua u vinarungan sun

2010.03

放心不下的人

妳走了以後
寂寞悄悄到來
我用思念存放每一刻的時光
只用半日的時間我已經相思溢滿

妳放入一抹的笑顏在我心裡
但是妳卻不再回頭關心

每天　只好任時間的消磨
每晚數著妳的笑容
啊～我最愛的人
任由生命的消逝
我的妹妹
原來在我的傷痛裡
妳是我最放心不下的人

qiljasan

pumedjekan a zemzemzem a djeljur nua qucyvauvav izua i tatjan
a i veljeluan pinutinkan a lemaljing tua zaljum sa culjevi a si
papunasi pasa i qinaljan
secacacaca a na mulaviq anga itua u varung
ljemilji a qiljas tanuamen ivavav ta gadju

aya ti vuvu a temaucykecykel
uzui a qimang itua kaledepan nua qadaw
kamayan a takaljavaljava

lemegu ti ljequ i vukivukid
tevutja mintuluq ti tjakurapang kemasi qelicung
ipakirimurimu ti tikililj a iqepu
ini a mapusivasivalj tu uri pasainu nu miperper
masavid a nia qaljaqalja tiyamadju ta nuamen a mare vuvu
mamamav amen a takaljavaljava tai qiljas
a i tjumaq
na qudjerelj a iljus italagalj
a i sasav
na semulapelj a vali a pi ásav tazua veljevelje a venali
qiljasan
isingidan anga itaivavav anga ta nia qulu ti qiljas
mequljan
parutjavak a matjatjevela nu semenai a quraqur i djaruviqe
qemuncuncu a tjalidulidu ti vuvu

月幕

螢火蟲在水源地點亮了黑沉的山谷
接引溪水的水管是通往部落裡的命脈
溪水不停的流出已經溢滿在我心頭
山頭上的月兒窺視著我們

外公口述
在遠處太陽下山的地方有好運
一直在等待著

貓頭鷹在陰森處呼叫
蟾蜍從幽暗的牆角跳出
蟋蟀急促的在此會合
對飛行的方向毫無概念
它們都是我們祖孫兩人在夜裡的賓客
我們都在等待月亮
屋內爐灶裡的炭火鮮紅
屋外微微的晚風輕拂在芭蕉葉
月光皎潔
不知何時月亮已經爬到我們頭頂上了
變得光亮
神祕的蝌蚪在水坳處對吟獻唱
祖父抽著煙斗靜靜欣賞

a u kininemeneman na sevuqesi anga i tjaiqayav i cemecemel

itua ljinuqevan nua zemzem a i kalevelevan sinavid nua vitjuqan a
ipakelai
tucu a salilim na pareisumalji a inanguaqan i qinaljan
a lava micabecab a miperper pasuvavav tua nia qinaljan

i caljisi a qiljas
namacinky a itaiteku a qinaljan a mapacucun
izua nu mangetjez a temaremedemdem a qerepus
itua nia kinacavacavan a qailjungan a mare vuvu
na ma ljeveljev itua na qiljasan a kacauwan

2001.10

而我的思緒散落在幽暗的山谷叢林

在鋪蓋著黑幕的天空中掛滿了星斗
今夜部落清朗幽靜的景色很不平凡
飛鼠振翅恣意的滑過我們的部落上方

射鹿部落在皎潔的月色底下清晰可見
偶而又飄來一層薄薄的霧紗
此時此刻祖孫的身影
沉浸在悠然泛靈的月幕世界

remaqezemetjan a vaik

azua qadaw na maledep anga i kazatjan i akav
itua pinangangecengecean
na remukung ti vuvu tua kinacavacavan sa marakac a qailjungan a
sisa tjumatjumaq ma tua zemzemzem a qinaciljay a umaq a ljetalad

vitjuqan a na mirazek
qiljasan
azua qailjungan nua caucau i djalan
na pesadjelung a tjemeljutjelju tua veljeluan
malipat itua kasikasiv
cemalivat tua tjekeza i tjuva
na ma pudjekap a djinavacan

ljusepisepit a qerepus
na mapuqulja a pakazuanan i cemecemel
saravsavsav a ljingav i djalan nu calivatjan
itua inatjavakan anga djekuac
nu si ilipi tua gadju a ivaliung
ljiavavav sa patjaljavavav

a qaciljaciljayan a djalan
na matjavak anga a caucau
itua mana iniliguan tua sepi a patjagilj
au
namaya uta itaiteku ta kula ni kama ati kina a ini a nan a sinisekez
tua luljayan

2001.10

走夜

泛紅的太陽
沉入高屏平原的地平線

外祖父拖著身影躬著身體走進黯淡漆黑的石板屋

繁星點點
月亮皎潔
古道上的人影
沉重的涉過溪流
穿過樹林
走過射鹿吊橋
一步一腳印

殘霧飄零
森林走光
沙沙的腳步聲
熟悉的踩著步伐
繞過山腰
不斷升高海拔

碎石路
是識途旅人的
築夢的起點
亦
是在不曾停歇的父親和母親的腳程底下

vincykan nua kavuvuan

itua milimilingan
kisedjam a zepung tua ni djeljai a zangaq
manu patetucu ini a nan a sinipavai a pacykel

itua linuqeman
na mapumaca a cungale nua kavuvuan
umalji a salilim neka nu karing nu vaik
na icaing ivavav tua veljeveljeng a kasiv
nu zemzemzem anga ljemaljap a qemcy

gadju sun i parasidjan
taimagarang a en

vacalj a itailikuz tanuaen
malada a na paqulja tua uri u pakazuan a djalan

2009.04

祖靈雕刻

傳說中
眼鏡蛇向錦蛇借過項鍊
之後一直到今天仍未曾償還

壓抑中
祖靈的膝蓋上有一雙眼睛
在夜裡通行無阻
隱身在茂密的樹上
黑暗裡埋伏等候殺機

你是霧頭山
我比你崇高

深淵　在我背後
靈媒　照亮著我的古道

itua qudjaqudjaljan a qinaciljay a umaq

a i gadju a nan
neka nu nama sevec a djalan

qinecengelan nua qaljiv a i qinaljan
na minseg
tjevetjeveng a gadjugadju sa na maseqeseq a qinudjaljan a
kadjunangan
itua kaljaqudjaljan ini a nan a uri meljai nu ngida
na peveljelem sakamaya ini a uri masadai nu ngidja

uzuui a nasemaubu pasalaulauz i tanacyqav[1]
izua nu maljepuljeput i ljaveljav
sa mapacun itua sikivaliung a tjatjavangan

qudjalj a sevuqesiqesi
nusauniuni mantez a pakirimu sa vaik uta

---

1 tanacyqav：ngadjan nua kadjunangan， nu malap tua sacemel a venan cumai
   vavui likuljav avan a sasekezan aicu a i tanacyqav na sicuayan sa lemegu a pasa
   qinaljan .

雨中的石板屋

在山林裡
沒有筆直的山徑

著上黑色石板的部落
默默的
濕潤的山川和被雨下所浸透過後的土地

季節雨下個不停
陰霾亦不曾散去

遠方帶著斗笠的身影正從tanacyqav[1]下山
不時的隱沒在叢林
又一會兒出現在山腰的隘口處

灑落的雨
一陣陣揮來又一陣陣揮去

1　tanacyqav：地名。從前如獵獲動物山鹿、熊、山豬、雲豹等動物時，族
　　人就會在這處休息停駐，並且面向部落呼喊報功。

azua i cadja a tjaljitiv i tumincelaq[2]
nameqaca anga a maladjengadjenga a ljingav
patemaza anga i caljisi[3]
a i nungitjanga saqudjalj mana meljai

na makelekele anga varung
a i na makudja anga a za ringai i qaqaljupen
napetjalizamu anga sa sipacunan

inupuan i talad i tua qinaciljay a umaq a penuljat

2008.09

---

2 tumincelaq：i tai lauz i pyuma qinaljan azua kadjunangan . izua a tjaljitiv a
   kurakurar . maljaluai nu kemasi caljisi a pacun .
3 caljisi：ngadjan nua qinaljan i gadju i akav i pasa kavulungan .

遠方tumincelaq[2]的瀑布
豐沛的氣勢和澎湃的聲音已經傳到了caljisi[3]

這樣的雨何時才會停歇

迫不及待的心情
放在獵場的陷阱
臉上木訥的眼神

都堆砌在石板屋裡

2　tumincelaq：位處舊平和部落下方，有一大瀑布，從射鹿部落可以清楚看
　　見。

3　caljisi：位處屏東縣瑪家鄉射鹿部落，是北大武山西北方的舊部落。

sisa tjumaq a djalan

nu nekanga nu qaciljaciljay a djalan
a i
inu anga djalan a makaya si pasa kalevelevan

nu nekanga nu ljaviyaviya a pukeljan tua pasainu
a i
uri madjumak a nan iten tua sisatjumaq a djalan

nu nekanga nu parutjavak a ljingav
a i
uri nguanguaq a nan a ta senai

nu nekanga nu macaqu a lemegu
a i
uri na marasud a nan a sikatjaqaljan nu tyav

nu nekanga nu maisu tua dulis
a i
uri izua a nan a macaqu a seman kinsa

nu valitjan anga tua kungkuli a qinaciljay a qaljiv
a i
uri na sarunguaq a nan nu minasi iten

回家的路

如果不再有碎石路
那麼
還有哪一條路可以直上天際

如果不再有芒草的指引
那麼
我們是否還找得到回家的路

如果不再有吟唱的曲調
那麼
我們還會有動人的旋律嗎

如果不再有人曉得呼喊
那麼
明日族人還知道要如何團結嗎

如果不再有人搗紅藜
那麼
還會有人知曉食物的作法嗎

如果水泥取代石板做成了屋瓦
那麼
我們的呼吸是否還會順暢

nu nekanga nu qerepurepusan a gadju

a i

ini a sun a uri sapulju nu i djalan sun

a i gadju a djalan neka nu putuputung

ljakua amin azua djalan a sisa tjumaq

a qaciljaciljayan a djalan mavan a sisa tjalad itua vatingan

makaya madjumak tua tjalja kaqulidjan a pakazuanan

2010.03

如果山不再有雲霧飄渺
那麼
一路上你不會感到孤單嗎

山上的路沒有盡頭
但是回家的路只有一條
是通往心靈的一條碎石路
可以找到最真實的方向

kemim tua deli ni alja zalangzangan

namakuda vucelai
mana talja vucelaiyan
uzui a qerepus i vavav ta nia qinaljan
a i avan anga

namakuda liljualjuas
mana talja liljualjuasan
uzui a tuqutuqulj a vukid i cacavalj nu daljan
a i avan anga

namakudja djeli
mana kaqulidjan
katutazua cavilj a alja zalangzangan
azua na keman anga tua alju a mudjingan
a i avan anga

uri mainu anga karim tucu
mana maka djumak
tua zua talja kaqulidjan a deli

u sapiten a u kinemneman
sa u kemim i tua qinaciljay a umaq itjailikuz itua djeljep
tazua u pini talavilavi a sinicangelj tua djilung a pinuqenetjan
manu maka djumak a nan azua vuravuravan anga
itua supisupil a u sasing
izua za talja nguaqan a deli ni alja zalangzangan

2010.03

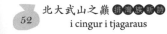

找尋夏日的微笑

白是什麼白
才是最白
在我們部落的上方那裡有一層白雲
是否就是了

綠是什麼綠
才是最綠
在郊外的古道邊那裡有一片相思樹林
是否就是了

笑要怎麼笑
才是純真
那年的夏天裡
吃到蜂蜜時的表情
是否就是了

如今要到何處找尋
才能找到
最純真的微笑

我整理了思緒
找尋石板屋內後牆
嵌入古甕底下的回憶
居然還找得到那已經泛黃的
破舊的相片裡
還有一抹最美麗絢爛的夏日微笑

a qudjalj i pana

a tyav
lapu anga a za u tjara u pinizi tjapav aya sun
au cemikel a en mazi tua qudjaqudjaljan a pana
tjemelju a en i pana
manu a icpeliv a en
na tjemelju anga sun i tua u varung
sa su vaik i djalan

tucu
cunu azua i lanak izua tasikamanguaqan aya sun
au vaik a en a mazi kazatjan itua na mirazek a qinaljan
ipakim a en tua ta sikamanguaq
manu a icpeliv a en
ipakikim anga sun tua su sevalitjan
sa su vaik i kacauwan

kemasi tua su vinaikan a qadav patetucu
kamayan a na peveljelem a i kalevelevan
a qudjalj i pana ini a nan a meljai

qadjav isun a paqenet a nan tua zua nu masulesulem
i kaljuvuljuvung e sun a temaucykecykel tua milimilingan
manu namayasun tua qudjalj i pana
ini anga macegeceged nu ta pacunan

雨中河

昨日
你說
記得回去拿我放在工寮的頭飾
於是我回到雨中河
渡過河流
而我要回頭時
你已經在我心裡橫越
然後離開了古道

今日
你說
你看平地對我們極為有利
我前往繁華的城市
尋找我們的利
而我要回頭時
你急於在找尋你的接班人
然後離開了人世

自從你離開之後的那天起
天空就已經是灰濛濛一片
河中的雨仍未曾停歇

不知你是否還記得那些日子的每天傍晚
你在庭院時說過的傳說故事
然而你就像是雨中的河
我們越看越模糊不清

au
paqulid tu vaik anga sun
packed a en iqerengan
ini a nan a quljan a itua pinukungkulian atua pinuljingasan a umaq
i sasav
a qudjalj i pana nungidja anga masadjai azua qerepus ai

2010.05

北大武山之巔 排灣族新詩
i cingur i tjagaraus

那麼
難道你真的走了
我從床上醒來
鋼筋水泥外依舊尚未光明

那雨中河要到何時　烏雲才會散去

qerepus i parasidjan

qudjalj itua aljazalangzangan
na masenav anga a na peveljelem a qerepus
qemudjipedjipedjip a qerepus a tevutja na tjeljaving i kalevelevan
na papuzangaq tua liqu ni parasidjan
tevavav
sipalaing tua vali i gadju pakazua itua quvalj atua sudjip
na macinki a senai nua milimilingan
na pesulapelj a semupusupu

azua mapacucu i maca i tjaqayav ini a inanguaq
avan a tia en a pinuruvulj anga na zua qemudjipedjipedjip a qerepus

1999.03

霧頭山的霧

夏雨洗淨了滿佈的烏雲

潔白的雲出現在遠方的天邊
佩掛在霧頭山的頸項上
乘著
徐徐的山風　輕撫髮膚
清晰的詩意　悠然唸起

眼睛看見的不是景
而是景色裡的我被綿綿白雲
框住

rangi (sasavelan)

uzi mapeljesuq anga za tikang
uza mekerikeri sa zaljum

ti rangi pinikaljuvuljuvung
temalatalav tua zaljum

na lemaljing tua zaljum kemasi veljeluan
sini culjev tua tikang
a itja pakatua djeljeqi a sini pakelay
a itja pinaseqilja i tua kasikasivan
a itja malipat tua na metjat a veljeluan
a itja pakatjaljat tua cemecemel
itja itja a pinacacurucuru
cinuru a pasa taugadju
cinuru a pasa baljius
cinuru a pasa pasasau
tjaumaumaq a cinuruan

au na mulaviq anga i kaljuvuljuvung
a zaljum itua rangi masan veljeluan anga secacacaca

大鐵盆

水源地的接管被沖斷了
水量已經越來越少

大鐵盆被放在庭院的一角
注入山泉

水是從山澗溪流接引
接上水管
一段　沿石壁掛著
一段　隱藏樹林
一段　穿越山溝
一段　沒入草叢
一段接著一段
接到　taugadju家
接到　baljius家
接到　pasasau家
一家接著一家

泉水在庭院裡不斷湧出
大鐵盆早已經盛滿　溢出的水宛如一條小溪流

a ipalingulj tua rangi
tinaleman tua tevus
tinaleman tua hana kavaluan
tinaleman tua rikis
izua pudulisan i lauz a na tjaljiqaca quma
na mapudjemelj tua zaljum
na mezangal a meqaca a i palingulj a tinaleman

mantentez a caucau kemasi tjatjan a na cemuljev tua tikang
au
lemegu a kemasi tjumaq a caucau pasa djeljur
parianga izuanga sa zaljum
nalemalja anga en

2010.02

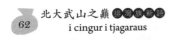

鐵盆周圍
種甘蔗
種百合
種山蕨
下方有一大片紅藜園
受到泉水的滋潤
而都長得特別茂盛

從水源處接完水管的人正在返家
那
家裡的人往山谷裡呼喊
已經好了　有水了
我已經在燒熱水了

tinaki

zemzem anga
liav sa kemac i sasav

a tinaki pini tua cukes a sinipakelai
naquljan a qaqerengan
vencilj a kina tua uri kaiven a zalja pinuljacengan

keljan a tinaki pasamazau
uljaten a cemeged

italad tua qinaciljay a umaq
na kalidjekit a tjeljar nua tinaki
na pumedjek itua alja kaivan a tjacemekeljan

2010.2

煤油燈

天色暗了
外頭有許多會咬人的蟲

煤油燈吊掛在神柱上
床顯得光亮
母親盛上放有菜葉的晚餐

把煤油燈拿過來
我們才得以看見

在石板屋裡
煤油燈閃爍
映照著正在食用晚餐的一家人

qerepurepusan a cemecemel

a patepalalaut anga senai
na minseg itua qerepurepusan a cemecemel
ikebung
takaljavaljava
a ipakim tua ta varung

2009.02

迷霧森林

永恆的詩篇
靜默在迷霧的森林
蟄伏
等待
我們把心找回來

aljian i djalan

paqulja a qadaw itua patjagitjagilj a alja vevean
izua manguaqan itjalad
itua talja sangasangasan a na mipicul tua djekuac
izua na malaic a ásav atua qaciljaciljay a ljingav a tenvela

ti ten temakaljavaljava tua aljian i djalan

2009.02

黎明之路

在初春陽光的照射
有幸福的因子
在賣力踩下第一步時
有清脆的落葉和碎石的回應聲

我們期待黎明之路

qainguay

a i gadju a cavilj
tu i makudja
nu na qudjaljan anga saka meljay
tjara mapacunan a ásav nua qainguay a tjevetjevengan i cacavalj

i veljeluan i ljaving
itua namasevur a umaq
i djangadjangas tua qinaljan i taiteku tua inupuan
liljualjuas a na qedeljem a quljaw
na taljiqaca a ásav
uzinganga qudjalj nuaya
karimu tua tasi papauljaung aya

tucu anga
izuanga ausuan i lanak
titen na mapavalit anga ljaung a djinadas

ai~anga ljaung i gadju
katutazua mavan a na ljemaung pivarung tua qudjalj

2009.05

姑婆芋

山中的歲月
不知為何
只要雨過天晴
郊外濕漉的姑婆芋就特別明顯

在溪流邊
在頹圮的房屋
在村廓的邊緣　在砌石的下方處
顏色鮮綠
葉片偌大
只要雨勢漸增
快去找遮雨物

現在
都市已經有了雨傘
我們手中握著的已經改變

記憶中山裡的傘
曾經遮蔽了內心裡一陣陣的雨勢

巴達因頌

zemenger a si senai tua i padain

ti sun a pini kalevelevan a na macinki a qipu
a mana na patjagilj ta uri nia kaizuanan
ti sun a pini tjaiqayav a nia sikavaljut a zaljum
a mana na remaurav ta nia nasi
ginaugav sun nua cemas pitua lima
djapesen sun masi tua angalj nimadj
a milimilingan tjemagilj a kemasi tanusun
mapapu ngadjan amen a kemasi tanusun

sa i na nguaqan i padain[1]
i taitjeku tua sameljameljam a kalevelevan
sa i na nguaqan i padain
i talad tua nia senai a pinaqaljai
sa i na nguaqan i padain
i vecekadjan a inalinguljan nua mare a gadju
sa i na nguaqan i padain
a mana nia sikipacenceng tanusun a nia ziyan
sa i na nguaqan i padain
kina sun ni tjagaraus a mana pu miling
u wa lja i yu hi……

1999.11

---

1 padain：a i padain nu aya,itua vineqacan nua i paiwan zuku a sitjavulungan. a
   kinaizuanan i pasaviri izaya tua i kavulungan .

巴達因頌

你是天邊的淨土
開啟了我們的舞台
你是眼前的活水
滋潤了我們的生命
上帝用創造的手將你拱起
用祂的嘴向你吹氣
神話就從你開始
我們的名字就因你而生

美哉巴達因[1]！
在湛藍的天空底下
美哉巴達因！
在我們尊崇的歌聲當中
美哉巴達因！
在青翠的大山中間
美哉巴達因！
我們的舞步向你看齊
美哉巴達因！
是口述北大武山的母親
烏哇啦依喲嘿……

---

1 巴達因：排灣族古老的創始發源地，位置在北大武山的西北端（日本人稱
　為旗鹽山）。

manu

manu ini a sun a kemeljang tu na kemasi nu sun
pina pu ngadjan sun tai caucau

tui pidja anga qadjaw a temakaljava
tevutja sun ikacauwan sasu vaik uta mazi selem

i padain
mulja ulja a temapulju ti sa muakaikai[1] tanusun
ulja sun a na suljivat a meqaca
mulja ulja a ljemilji ti sa mautukutuku[2] tanusun
ulja sun a na sarunguaq a kinacavacavan
mulja ulja a palelalalalain ti sa ljaljumeljumegan[3] tanusun
ulja sun a na kezeng a vatingan
e e e
e e e
ulja ulja ulja u aljak
ipipan ni saljavan i padain
e e e
manu

luvadjan ni saljavan[4] tua nasi nimadju sa papavanaven sun
kulekulan sun piuqulj tua qimang
selizan sun pikula tua isamulja

si papavanav sun tua luseq
djapesen sun piquljimamudjuan
pageric sun a tevutja imaza i kacauwan

原來

原來你不知道你是從何而來
你取了一個名字叫做人

不知道等待了多少的日子
你來到了人間又走回陰間

在巴達因
muakaikai[1] 女神將你抱在懷裡
祈禱你平安長大
mautukutuku[2] 女神窺視著你
期望你有健康的身體
ljaljumeljumegan[3] 女神監視著你
祈禱你完整的靈魂
さささ
さささ
我的寶貝孩子乖乖睡
住在巴達因的saljavan[4] 女神會庇佑你
さささ
原來

saljavan女神從她那裡分出一些生命給你　洗淨你
在你的背上搓揉著福氣
在你的腳上擦拭著勤奮

用淚水洗澡
在你的髮旋吹氣
你就哇哇叫地落在這個世界

kemelikeli tanusun iraruy

sevaljen sun tua syalja

mulja ulja a temapulju tanusun

manu

sini pualjak sun i padain ni saljavan

ti sun a aljak nua qadjaw

2010.03

---

1 sa muakaikai：seljang ni saljavan i kapadainan a pualjak tua caucau . na
   ipu qurivangrav atua kaljiac a mana sipatjatevelavela ati sa pulalengan nu uri
   ipusaliman .
   【ti sa muakai . atua pinaqaljayan nua sicuaya a cemas . avan a si pitjaiqayav a
   qivu tua「sa」aya .「muakaikai」nu aya, ti muakai, ljakua cemacemasan
   anga nu qivu iten, pai muakaikai aya anga pateljuq tua「kai」mana
   pinaqaljayan tai madju . 】
2 sa mautukutuku：i kapadainan a paisuqiljan tua aljak, nu pacun a ljemilji
   a pa a qezung tua pualjaljak, liuzang timadju . pinaka nakuya nu cemas
   na sicuayan【ti sa tuku . atua pinaqaljayan nua sicuaya a cemas . avan a si
   pitjaiqayav a qivu tua「sa」aya .「mautukutuku nu aya, ti tuku, ljakua
   cemacemasan anga nu qivu iten, pai mautukutuku aya anga pateljuq tua
   「tuku」mana pinaqaljayan tiamadju . 】
3 sa ljaljumeljumegan：i tuljingayu a palelalalain tua caucau, na zemang tua
   vatingan nua caucau, nu pasulivai timadju matjani iten macai iten a caucau【ti
   sa ljaljumegan . atua pinaqaljayan nua sicuaya a cemas . avan a si pitjaiqayav
   a qivu tua「sa」aya .「ljaljumeljumegan nu aya, ti ljaljumegan, ljakua
   cemacemasan anga nu qivu iten, pai ljaljumeljumegan aya anga pateljuq tua
   「ljume」mana pinaqaljayan taimadju . 】
4 saljavan：qadaw timadju . mana na veneqac i padain tua i kacauwan a
   sicuayan . papualjak uta saliman papavanav tua lumamad .

把你放在搖籃裡搖啊搖
把你用絨布揹起
把你緊抱在懷裡

原來
是saljavan在巴達因把你生出
你是太陽的孩子

---

1 muakaikai：與太陽女神在巴達因祖靈地造人生子，她掌管彩虹和閃電，
負責與雷神溝通協助。sa muakai之意即因為受到以前族人的尊敬，所以冠
詞前一定要加「sa」之意。「muakaikai」的意思其實就是現今族人在使用
的族名muakai，但是以前她已經是受人敬仰的神明，所以會在她的名字裡
重複「kai」以示對她敬仰。

2 mautukutuku：在巴達因祖靈地負責清洗嬰孩，如果她從窗戶窺視正
在生產的婦人，則婦人就會流產。以前族人稱為不好的神明。sa tuku
之意即因為受到以前族人的尊敬，所以冠詞前一定要加「sa」之意。
「mautukutuku」的意思其實就是現今族人在使用的族名tuku，但是以前
她是受人敬畏的神明，所以會在她的名字裡重複「tuku」以示對她敬仰。
（在這裡視為健康之神。）

3 ljaljumeljumegan：住在tuljingayu（巴達因古社附近南方的地名）監視著
族人，守護著族人的靈，如果她轉移注視或離去，我們就會跌倒或是死
亡。sa ljaljumegan之意即因為受到以前族人的尊敬，所以冠詞前一定要加
「sa」之意，族人較無人取這名，但是以前她是受人敬畏的神明，所以會
在她的名字裡重複「ljume」以示對她敬仰。

4 saljavan：她是太陽女神，她在遠古時在巴達因社創世，並且專職造人及
生子和清洗嬰孩。

pudjalan ni sa pulalengan

a djinkapan na maqusav itua sini ilipi tua gadju
sinumus nua vatingan a pate zemuker i milimilingan
inu anga iten aya
uri demaljun anga aya za tevela

sekauljan ti maruqiljas nimadu
sau lapu azua qerepus itua u ingal aya
sekauljan uta ti taiquras nimadu
sau sequ azua nasi nua rakes itua u uqulj aya

lemegu timadju
veneve a i cemecemel a mare a kasiv
mapavalit a rumuk ni ckeckes tua lidilidi
pacekis timadju i padain
pakisapui timadju i palingulj
seladjenga timadju tua namaseqet a iqaung
qudjaljan a uqulj ni djulisen tua na sulapelj a luseq

qivu timatju
uzui anga sikavaljut nu aya
masuqusav a na iqaung
qivu timadju
uzui anga sikaselapai nu aya
macunuq a inupuan i djangadjangas

布拉冷安之路

足印在翻越過山巔之後越是飢渴
靈魂接力走過直到抵達傳說之地
我們是在何處啊
有回答說　我們就快到了

一路上
他指使日湯真山（maruqiljas）
去採下我腰際的山嵐
他又指使旗鹽主山（taiquras）
去聞一聞我背上牛樟的生命

他喊起春雷
森林裡就發出新芽
旗鹽山（cekecekes）披上了青翠的絲帶
他敲擊巴達因（padain）的火石
讓周邊都能取得火種
他聆聽了執著的祈求
雨就在井步山（djulisen）的背上灑下了溫柔的淚

他說
你們生命的泉源就要過去了
可以解除你們的飢渴
他說
在那裡你們的苦難就要來了
邊坡砌好的石頭滾落

pudjalan ni sa pulalengan[1]

pinusekaman tua melavalava a ásav

djemapes timadju au qerepusan

qerepusan a si ilipi malipalipat tua sicuayan a djalan

idjekepan tua i dangadangas a na ljemaljap a qemaljuqaljup a
caucau

sematjez tua na isamulja i vavua masensenseng a vavulungan

i kasikasivan i veljeluan i tua djalan i taizaya

pudjalan ni sa pulalengan

cinuruan tua sepi niya vuvu anga

djalan a patekavulungan

mavan a na seqilja a djalan a sipasa ta kavuvuan anga

tataucykelan tua milimilingan

iniqaungan a tua saljingan niya vuvu anga tai sa pulalengan i cingur

i tjagaraus

2010.03

---

1 palalengan：mavan a na kemasi padain a vaik mazi tjagaraus，na ipusaliman
   tua macepelipeliv a cavilj a tua cemelalalalaq a qemudjalj．

北大武山之巅 排灣族新詩
i cingur i tjagaraus

布拉冷安[1]之路
鋪蓋著厚重的枯葉
他吹起迷霧
濃霧般翻越山林穿越古道
撲向走在懸崖邊埋伏的獵人
送走田野辛勤開墾的老人

在樹林裡　溪流間　小徑的上方
布拉冷安之路
連接起祖先的夢
直達北大武山
是通往祖靈的祕境
口述著史詩般的傳說
與仰望住在穹高的北大武山雷神布拉冷安（pulalengan）

1　布拉冷安：pulalengan即從巴達因古社前往北大武山的雷神，專責四季的
　　變化與雷雨的呼喚。

cemedjas

tjeljar sun
tjeljar sun nua qadjaw
a izua qadjaw izua anga sun i tjaiqayav

ngadjan sun
ngadjan sun ni kazangiljan[1]
a simamiling a siniveqac i padain

izua itua tjalja vacaljan i selem
lemiqu a caucau pasa tjalja vavavan i kacedjas
itua zemzemzem a ikavulungan
itua semkesekep a vineqacan
i na saljingan anga sun itua sipatjatjentjenteng
a ti sa cemedjas[2]

2010.05

1　kazangiljan：na kemasi veqac i kapadainan a lja kazangiljan．
2　cemedjas：ngadjan a ti cemedjas kemasi tjavulungan．

北大武山之巔 排灣族新詩
i cingur i tjagaraus

晨光

妳是光
妳是太陽的光
在太陽之前妳就已經有了

妳是名
妳是kazangiljan[1]的名字
源自古老的部落巴達因

在深淵之處黑暗的地方
人們探頭向著最高的光源
在漆黑的大武山世界
在孵化的發源之地
仰慕妳就已經在交頭接耳裡流傳著
這一位受景仰的晨光[2]

1　kazangiljan：即kazangiljan頭目家族，來自於古社巴達因創始之地而來的
　　源流家族。
2　cemedjas：cemedjas（晨光）排灣族古老族名。

milimilingan ni parasidjan

itua milimilingan a kai
azua ti parasidjan
i cevungan nua sepi
i paputukuzan ni sa likekesen[1]
itua tinuluqan nua likuljaw

itua ni parasidjan a sepi
azua ti parasidjan
icevungan nua djalan
azua sidjang i kacedas
papamaven a qadjaw
azua sidjang i kaledjep
sinan cyqeljap
pinu vecikan tua vinalingaljavan

itua taucikel i kavulungan
azua ti marusidjang a gadju
tinekuljan ni tjakec
ivadjaq a mayatucu
inu a cevulj aya
kalivilj nu vineqacan
pakisapuy tu palingulj a i padain

2010.03

---

1 rikekesen：na vavayan a ngadjan . mavan a na kemasi padain sa vaik a zemang
   tua kadjunangan i pasaqalu imaza i viljauljaur . mana ka vuvu nua izizua
   caucau a lja parameram a sini pazang .

霧頭山的故事

傳說中
那一個霧頭山
是連接夢的會合處
是likekesen[1]放置手杖的地方
是雲豹曾經翻越過的山川

在霧頭山的夢裡
那一個霧頭山
是連接起古道的交岔口
東邊的鋒刃
將太陽切成兩面
西邊的鋒刃
做成刀鞘
刻上百步蛇甕

在大武山的口述
那一個狀似刀鋒的山
山羌躍過
問說
濃密的煙在哪裡
神奇的發源地
巴達因是傳承火源的所在之處

---

1 likekesen（力克克斯）：排灣族女性族名。是古代從巴達因古社前往東部
　比魯舊社管理土地的族人，是頭目parameram家族的祖先。

i cingur i tjagaraus

aísa cunu a valivalin
ílja wu······

maru ruac anga sa pana a na sepulingelinget kemasi tanusun
a qaljuqaljupen a kasikasivan a karekarengen su sinikulet angan
tanuamen
a zemuzung a cemelalalaqe a cempelipeliv tua niacavilj pate
zemuker tua nia nasi

mayamen a pasulivalivai uri maveljuc a nia picule
ti sun a ti pulalengan i tagaraus[1]
mayamen a icacadacada uri mavetek a nia damuqe
tisun a ti pulalengan i tagaraus

na ipukialalangan sun tusa qerepus i cingur i milimiling
cunu sa nia ziyan a na mavalingateng i taiteku tanusun
na pulevan a nia senai tanusun
atua ti sun a nia initangezan kemasi tavulungan

pai papuqudjalju anga a nia cemas
na maqusav amen tua su picule
ulja na venevu sa nia vusam

pai celalaqu anga a nia cemas
na saljinga amen tua su luqem
ulja na mezangale a ciqav i pana
na zemukum amen tua nia isamulja

---

1 palalengan i tagaraus：ti pulalengan mavan a cemelalalalaq i tjagaraus．

北大武山之巔

看哪！我們壯麗的山河
依啦～嗚……

河流彷彿血液般從你開始往四面八方放射出去
獵物　樹林所有管轄　你已經為我們預備好了
即便是雷聲或是閃電還是四季的更替　直到我們生命的所在之
處

祈求你不要別過頭去　我們將會失去力量
住在北大武山之巔的pulalengan [2]
祈求你不要離開我們　我們將會斷了血脈
住在北大武山之巔的pulalengan

夸高古源流的你披著一層又一層的雲霧薄紗
看顧我們一圈又一圈的舞步就在你的底下
我們喜悅著對你朗誦心情
因為自古至今我們依偎著你

祈求我們的神降下甘霖
我們渴望著你的神力
讓我們的種子得以發芽

祈求我們的神發出春雷之聲
我們盼望著你的賜福
讓河裡的魚群得以順利成長
我們殷勤的努力工作

2　palalengan：pulalengan是排灣族的雷神，住在北大武山之巔。

a nia qumaqumain nisun a kadjunangan

cepeliven a maqadadav nua masulem
su sipakialalangan a vitjuqan
mequljan a nia maca
su sasekauljan a qiljas
mana uri papuqulja tua nia djalan

cunu a qiljasan
a pana
maljaluai a namavikukung a semusu tua djeljur nua gadju malipat i
pinangangecengecan

cunu a vitjuqan
a caucau
matatententen tua kinaluljayan tua sincevungan a maqadadav
uri situlek a remukuz pizizua
pitua pinenet a vituqan.

ari anga
liav sa kemac ikasasavan
ari anga
ta sini ipaqeci anga tavinarungan

nu tyav
i cingur i tagaraus
uri pavayan iten tua teljar
uri sinpeljuqan iten nua vavak
uri makadameqe iten tua ta sikavaljut

2008.08

我們開墾耕作的田野是你所有

白晝被黑色的夜幕染色
你用星星裝飾掛滿天空
我們的眼睛也變得明亮起來
月亮是你的使者
能為我們照亮眼前的路

你看月光下
河流
清楚的蜿蜒著峻嶺的山谷　流向最遠的天際線
你看星空底下

人們
低聲互相傾訴著白天裡的生活
並且指向繁星埋藏著這一刻間的心情

走吧
庭院有許多會咬人的蟲子
走吧
我們已經如願地向他訴苦

明天
聖潔的北大武山之巔
仍然會給我們光
我們心中將會滿載著靈糧
我們會找到活著的生命之路

kaserepan

ljetjalad a qaciljay ma tua su angalj
seqaljud a kasiv ma tua su tjagerang

temeketekel sun tua zaljum kemasi pana
sini ipaparangez sun nua tjaqaljaqaljan
pitua maljeveq
kemakan sun tua qaciljay
i tua macunuq
inidjangezan sun nua i qinaljan
lemaqelaqes sun tua ramalj
sini ipaparangez sun nua malada
pitua raljizan

" upai uzai anga sinipaqaljud a su i na tengelayan "aya
nia sipadjamay tanusun a vulivuliqan[1]
pinenet anga itua vineqacan i padain
tisun a ti sa tairuvalj[2] i tjaruvalji[3]
i taruvalji
a mana kaserepan[4] tua nia luqem i gadju
a mana kaserepan tua nia sepi i kacauwan

2010.03

---

1 vulivuliqan：mavan a vulivuliqan a qacang . nu maljeveq a sicuayan . paqaljud
   tua vulivuliqan a qacang . avan anga pinatjagiljan tua maljeveq i padain .
2 tairuvalj：mavan a ngadjan na zua i pana isereserep a cemas .
3 tjaruvalji：mavan a kinaizuanan na zua ti sa tairuvalj .
4 kaserepan：ngadjan a ti kaserepan . amin nu mamazangiljan a makaya ipu
   ngadjan .

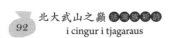

原本　最初的吸吮

石頭進入你的口
木頭流入你的喉嚨

你專門飲取河裡的水
你是族人們最為信賴
在洪水的祭典中
你吃石頭
在土石崩落的當中
你是部落的依靠
你大口吞下漂流木
你是靈媒的寄託
在颱風來臨之前

說　「請看著你所喜悅的就要漂流過去了」
我們就把花色[1]當成你的點心獻給你吃
你在創世之地巴達因就已經被選定
你這一位受人景仰住在taruvalji[2]之地的tairuvalj[3]河神
在taruvalji之地
才是原本最初的吸吮[4]著我們在山裡的希望所託
才是原本最初的吸吮著我們人間命運的所在地

1　花色：即語意有花紋的豬。從前的五年祭，必須要到河裡將花豬獻祭放水
　　流，這樣的儀式就是排灣族古社巴達因最初的五年祭典雛型。
2　tairuvalj：即是在河口吸吮的河神之名。
3　taruvalji：即是河神tairuvalj所駐在之地名。
4　（吸吮）kaserepan：kaserepan是族名；語意為吸吮之意，只有頭目層級才
　　可以取名。

maljeveljev

na kemasi mamiling itua inaljeveqan i kacauwan
itua saleljeseljan nua tjaqaljaqaljan
pinitjalad tua kangakangan nua si tjavulungan a caucau

tjeljev a na ipudjaulj tanusun
nu sika lima cavilj
mavan a vulivuliqan a na pukeljan tanusun

sinipapuqenet tua vinaikan anga nua zaljum
ljemeveljev ti taruljayaz[1] tua pinuravan piqulu tua taupu
picalinga tua vacevac
pikula tua kaljat
sa sipaqaljud ni lja gadju[2] azua vulivuliqan a qacan
vaik a zaljum

na maljeveljev[3] anga nasi
na masualap anga kuyac
valjut anga i kacauwan uta

2010.05

---

1 taruljayaz：vusam nua mamazangiljan i padain.
2 gadju：taljavulungan i tua qaqetjitjan i padain.
3 maljeveljev：ngadjan a ti maljeveljev. sini papukeljang tuazua vinaikan
   nua zaljum a sangasangasan a sinipualjak a vavayan i padain. amin nu
   mamazangiljan a makaya ipu ngadjan.

馬勒夫勒夫

從遠古的洪流世界
在族人們的痛楚裡
放進古代人類的瞳孔裡

妳因為洪水而來
每五年
是花紋[1] 曾經對妳的印記

是記住洪水退去的印證
taruljayaz[2] 家族將頭上戴有頭飾
耳朵戴上耳飾
以及腳上配戴腳環的花豬浸在水裡
再讓gadju[3] 家族將花豬獻水放流
水就退去

生命已經受到浸[4]化
不乾淨的已經除去
這世界又再活過來

1　花紋：語意為有花紋的豬之意。
2　taruljayaz：古代巴達因社的大頭目。
3　gadju：古代巴達因社裡最具權威的平民。
4　浸：即maljeveljev，是排灣族人名。在巴達因古社為紀念大洪水退去之後
　　第一個出生的女嬰，只有頭目的層級可以取名。

卷四 獵人詩篇

ni kama lima

i tua pinuqenetan
azua lima tevengen tua zaljum kemasi veljeluan
sivisvis a nan sa selizen a u ngereqe

azua lima ni kama keremeremer saka na isamulja tua masengseng
azua lima ni kama macaqu a murikanen tua nia sikavaljut a
tacemekeljan
tisun a kalevelevan nu maqadjadjav nu masulesulem
nu raljizan nu cemelalaqe
uri ini anga en a marekut tua su remanav
tisun a gadju a iceva a karikaringen
nu malegelege nu macunucunuqe
uri ini anga en a mavarung tua u sidjavacan
azua lima
uzi napuranav anga tanumun
maya ini a masalusalu tua u kai
masi teku a en a pacun tai kama masitua kaviz nimadu a pasa
kalevelevan
tinarang anga nimadju tua lima a caqev na i kalevelevan
a talja cevan a djalan
kaitjaljen a san limain nimadju a levavav azua gadju

nu izua nan a linavut a kai
makaya ivadjaqan ti venan i tjarigarigayan[1]
ki ni tjequngan anga timadju na zua lima

---

1 tarigarigayan：ngadjan nua i vecekadjan tua i tjagaraus a tua i parasidjan
  a gadju . mavan a papakazua nan nua djalan nu uri si ilipi a sipasa qalu a
  sicuayan.

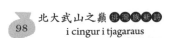

父親的手

記憶裡
那一雙手從山谷間的溪流沾濕
甩了甩　再擦拭著我的臉

父親的手是一雙厚實而且勤奮的手
父親的手是一雙會找尋我們家人的食物和我們生存的依靠
天空無論你是白天還是傍晚
無論是颱風或是打雷
我不會再擔憂你的無理取鬧
山無論是懸崖還是灌木叢林
無論是震動或是落石
我不再擔心我的步伐
那一雙手
隨時在監看著你們
你們不要不信
我在底下從父親的下顎往天空看去
天空的蓋子已經被他的手所擋住
最危險的懸崖路段
他隻手就能攀登翻越高山

如果還有遺漏的
可以去詢問tjarigarigayan[1]的山鹿
牠曾經被那一雙手取下過鹿角

1　tarigarigayan：台灣南部大武山和霧頭山中間的高山稱茶埔鹽山，是古代
　　前往東部的古道。

makaya ivadjaqan ti cumai i tasimuloqe[2]

timadju na semukup anga ita zua na mapu sidjang a tjakit

makaya ivadjaqan ti vavui i tangdji[3]

sinevalj anga timadju na zua lima a tjemelju tua zua pana sa pasazi
ljakinakinain

ivadaqi ati valacuk i daduasan [4]

timadju na pacun anga tazua lima seman umaq

ivadaqi ati qaris i tuzaman[5]

timadju na pacun anga iceva tua zua lima na ipakelai a malap tua
ljakucakucai

ivadaqi ati daravaravak i tailigav [6]

na lemadjenga anga tua a na pesulapelj a inanguaqan a na pakulalu
a ljingav

izua nan⋯

2008.08

2　tasimuluq：ngadjan nua kadjunangan i taiteku tua i kavulungan a pasa kaledjep.
　　a iracevan tua cukunu asicuayan.

3　tangdji：ngadjan nua kadjunangan i kapadainan a pasa kacedjas. qaqumain a
　　tua puiyuan asicuayan.

4　daduasan：ngadjan nua kadjunangan i veljeluan a i caljisi a pasa navalj.tjatjan i
　　qinaljan.

5　tuzaman：ngadjan nua kadjunangan i dudut i kavulungan pasa kaletjep. ceva
　　aravac ,a i racevan tua hanu asicuayan.

6　tailigav：ngadjan nua kadjunangan a i taizaya tua i caljisi a gadju. a a palisian
　　asicuayan.

可以去詢問住在tjasimoloqe[2]的黑熊
牠曾經伏首在他的利刃之下
可以去詢問住在tjangdji[3]的山豬
牠曾經被那一雙手背過溪流走向丘嶺地
可以去問住在djadjuasan[4]的五色鳥
牠曾經見識過那一雙手蓋起石板屋
可以詢問在tuzaman[5]的熊鷹
牠曾經看過那一雙手吊掛在懸崖採集一葉蘭
可以去詢問住在tailigav[6]的山雀
牠時常聽到那悠遠而深沉的口笛
還有⋯

2　tasimuluq：大武山東側的下方地名，是族人從前採集愛玉果子的地方。
3　tangdji：巴達因古社的東邊下方處的地名，是以前族人種植農作物和牧羊的地方。
4　daduasan：射鹿部落南方的溪流地名，是部落飲用水的的水源地。
5　tuzaman：北大武山西北邊附近地名，山林險峻，以前採集一葉蘭的地方。
6　tailigav：射鹿部落上方的山頭地名，以前部落祭天拜神明的地方。

parutjavak nua qemaljuqaljup a caucau （一）

aljak
kinemenemu nu vaik sun tua djalan i gadju
nakuya pacun a pasulivai nu i ceva sun
ta pacunan a na seljenguaq
nu uri vaik sun
pacunu a uri su idjulatjan
izua djalualut a qaciljay a tua cunuq
nu na kezeng anga a inidjulatjan tua qaciljay
mana makaya sun a puarut a vaik
nu uri idjadjas sun
pacunu a uri su djadjasen
nakuya a na macemu a kasiv atua na maruaru a qaciljay
nu na i djadjas sun tua na maruaru a qaciljay
uri matjani sun makelu sun i tua ceva
nu na i djadjas sun tua na kezeng a na matjaq a kasiv
mana uri valjut sun

1999.03

獵人詩篇（一）

孩子
你走山路的時候要謹慎小心
在懸崖的路段不要往別處張望
我們要留意最安全適當的
你要行走之時
注意看你將要踩下的所在
有時會有滑石和土崩
除非已經踏上穩固的基石
你才能繼續前進
你抓住的時候
注意看著你手握住的是甚麼
不要是已經腐蝕的木或是鬆動的石
如果你抓住的是鬆動的石
你將要跌倒墜入萬丈深淵
如果你握著的是穩固而具生命的木
那你才會活著

parutjavak nua qemaljuqaljup a caucau (二)

i maruqiljas aya tazua gadju i pasa navalj tanuiten
pacunu azua i na kemudjan namaya tua qiljas

itjaiquras aya tazua gadju a qerepurepusan
atua nu sauniuni cauvan nua qerepus mavan anga sini papungadjan
ta taiquras

i ljaljakayan aya tazua gemadjuan i taizaya i tulinaulj
avan a djalan katua a alipatjan ni sa saljavan a ljmakai nu
mazikalevelevan atua sisa kacauwan nimadju

i lalaqitjan aya tazua veljeluan a djeljur a ta lalalingan tua zaljum
mavan a sasenavan tua qulu na caucau a sicuayan

i parasidjan aya tazua gadju a sisa djarumak nua sicuaya a djalan
pacunu namaya ta na mapusidjan anga tjakit

i taipalji aya tazua kadjunangan
i paljavak anga i kavulungan a uri sipasa puntji a djalan
mavan a sinaliljan tua ma palji a caucau aza izizua

2010.05

獵人詩篇（二）

我們南方的那一座山叫做maruqiljas（宛如月亮）日湯真山
你看山形就像一彎新月

那一方在白雲處叫做tjaiquras（白頭髮）旗鹽主山
因為常被白雲覆蓋　所以才為它取名tjaiquras（白髮）

高燕上方稜線的山脊處叫做ljaljakayan（盪鞦韆）山
那就是saljavan女神盪鞦韆上天入世的所在地

在我們接引水源的地方那裡叫做ljaljaqitjan（割頭）溪谷
就是古代洗人頭的地方

那一座山叫做parasidjan（鋒刃）霧頭山是古代前往大南的古道
你看它就像一把鋒利的刀

那一個地名叫做taipalji（紅眼睛）
已經是在大武山的界線了　是前往佳興社的路上
那地方就是曾經將一位叫palji的異人所安置的地方

puvurasyan ni ina

ina inu anga sun
a inu anga karangu ni ina
qivu ti vuvu
uzi na vaik anga ma puvurasyan ti taina

na ipuhulisiki ti ina piqulu
mazengzengzeng a djaqis nimadju
nukemali timadju i puvurasyan
savid a mamaruanemaneman a vurasi

2008.08

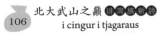

母親的地瓜園

媽媽妳在哪裡
媽媽的竹籃在哪裡了
外公說
你媽媽已經去地瓜園了

媽媽頭綁著絲巾
她的額頭在冒汗
只要她在地瓜園裡挖挖
都是一顆顆碩大的地瓜

nua pakulalu a ljingav

a uri pasainu a en tua djalan i tuqalja
nu a izua u cunguljan i lanak
ui tu patelja tjeljaving i ljavek
tara i en a karim sakamaya pasa tua kacedjasan tua qadjaw
ljakua
nu maljiya
nu masulesulem
neka nu na seqilja makaya sazuan
neka nu makaya si isusingeljitjan tua nia ljavaran
a ta itjalad a en tua ruvu a qinapazan tua kungkuli

itua pakulalu ni kama
a ljingav
au uri pasa inu sun aya zua ljingav kemasi djeljur
italad itua qinaciljay a umaq
a ljingav
na itjapian tua ljaviyaviya i djalan
semusu a ivaliyung pate zemuker i tjagaraus
pacun a temiljequ
ai～ anga i taihuku
a i na suljivat a u aljak
ai～ anga ituqalja
a i na kinemnem tua pakazuanan nimadju

2003.10

笛聲

走在異鄉的路我該往哪裡走
這城市沒有親人
雖然　既使我到達海邊
我終究會找尋太陽初升的方向
只是
每日的早晨
每一天的傍晚
沒有可以隱藏的地方
沒有可以傾訴的對象　在我們彼此之間的言語
只因我被牢籠在築上水泥的圍牆裡

父親的口笛聲
聲音
從山谷裡問候我要去哪一個方向
在石板屋裡面
聲音
輕撫著古道上的芒草蜿蜒直上大武山之巔

探望
啊　台北城
我的孩子是否安好
啊　異鄉
是否留意著他的行為和路程

parutjavak nua qemaljuqaljup a caucau (三)

aljak
patemaza sakamaya a u pusalad a semevalj tanusun
itua uri su pakazuanan nu taivililj
izua nan a raruq aravac a djalan
a uri su isumadjuin a vaik

2009.02

北大武山之巔 排灣族詩語
i cingur i tjagaraus

獵人詩篇（三）

孩子
這只是一段路的扶持
在你的旅程
還有很長的路
要靠你自己走

parutjavak nua qemaljuqaljup a caucau (四)

namakuda anga azua dalan a pasapalikulikuz
ari
pai ari anga

na mapu aljis anga a sipasanlima a qaljanget
na mapu sidang amga tjakit
tinuzung anga talja rataiyan a vuluqe
pai langedau azua pasa paliku i tjaiquras[1] izua za pagerigeric a
takec

u pini karai anga u pauling
u cynaqis anga tanuku
kemudanan iten

cunu azua u qaqaljupen takaljavaljava
cunu azua qaris itaivavav tua u cemecemel a zungra

mapasuai anga zikan
maya makaljavaljavai a qemerayd
uri puarut iten sakamaya matua u qaqaljupen

ari
zemaizaing a tiri ipasa navalj
ari na ma arava anga iten
semusu tua zua u djalan i ljaveljav

2008.08

---

1 taiquras：i pasa kaledjep i zaya a gadju i taiteku tua i tagaraus .

獵人詩篇（四）

後方的獵徑不知如何
走
我們走吧

最堅固的捕獸夾已經磨好它的五顆大牙
獵刀已經再鋒利不過
最尖銳的矛已經接合好
聽著旗鹽主山（taiquras）[1]的後方有隻山羌正在吼叫

菸草已經準備好放在我的腰帶
揹籃我已經縫合好了
我們還要做甚麼

我的獵區正等候著
看吧　有隻鷹盤旋在我獵區的上方巡視著

時間已經拖延了
不要哭鬧不捨
我們要長驅直入我的獵區

走吧
南邊的綠繡眼在叫
我們已經準備好了
沿著我在叢林的路徑

1　taiquras：旗鹽主山的名稱，位在北大武山西北邊。

qemaljup

karikaringan a ta djalan itjaiqayav
itua veljeveljeng i cemecemel
calisilisi a ta qaqaljupen
itua kasikasivan
pageric a ljavingan

au
asimazanga tiyamatu aya sun

namaya iten tua ljavingan
na ipakelai itua ceva
u ginemgem a demadjas a vakela
na ipaqadjai tua qaliljac

inu a na seljekuya
i inu tiyamadju
ta djaljunen a tjaljaputuputungan a ceva
nekanga nu ta pakazuanan
qerepusan
a sangeliv a djineqedjeq tua pinakazuan
na vaik anga pasa zaya tiyamadu a mavilad
ta alipatjan azua veljeveljeng a qerepus semutalad iten tua
ljaviyaviya a vaik
a pasazaya
itjavilivililj
i kakuljavan[1] anga iten aya sun

1　kakuljavan：i pasa navalj i pasa lauz a gadju tua i tjaiquras．

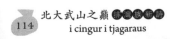

狩獵

前面的路佈滿荊棘
在氤氳的森林
我們的獵場陡峭
在樹林裡
猿猴嘶吼

而
你說　牠們來過這裡

我們似猿猴
吊掛著峭壁
我緊握著手中的弓
纏繞葛藤

哪裡是險要之處
牠們就在哪裡
到達峭壁的邊緣地帶
我們已經無路可走
濃霧漫起
草地被踐踏過的路徑
牠們已經往上方逃離
我們在芒草間穿越過瀰漫的濃霧

往上走
緊跟著
我們已經到達kakuljavan[1]你說

1　kakuljavan：旗鹽主山西南側的山脊地名。

ini anga a en a pusivalj tua ta kinaizuanan tu i inu

a uri pasainu

italad tua cemecemel

kacukacuin iten nua vali a ma tjaiqayav

itavilivililj tua na sizi a qelju

2010.5

而我不知身在何處　要往何處

在森林裡
風帶著我們前行
繼續跟在長鬃山羊的路徑

卷五

思鄉吟

na petjalizamu itua alja iuragan

u ljuljuin a na sankilj a ásav
kirimu a na masket a vinarungan

a u varung
qerepurepusan anga ivalidi a intaidai sa mavalidi a pasa kuzulj
i gadjugadju a pinacacalivalivatjan
i cemecemel
i kasikasivan
i makapana
i veljeluan
djemaljun i deljur itua na u qinaljan a sasekezan i tanacyqav

ljakua
kalja iuragan anga pai
a i makudja na scadjanga aravac a u qinaljan tanuaen ai

2001.11

秋愁

拾起一片楓葉
鎖住片刻的情緒

我的心
宛如雲霧般
百轉千轉
翻山越嶺
在樹林裡
在河谷
與溪流間
來到故鄉的達那七高山谷

可是
已經是深秋了吧
怎麼故鄉離我好遠好遠

senai nua kavaluan

na maljeveq anga zaljum itua u singelitjan
imaza a en itua na mirazek a nemanga i lizuk i taihuku
nu u si pasalikuz a pacun
au semekez a en
nu u si cykel tua u vaik
qaqacaqacan sa umaq a na malingedelj
qadavan anga tu i caucau a na qemupuqupung i djalan
a patelja na kanpan a quljav a na qemaluvu i taiqayav tanuaen
u celaken sakamaya a u galjaugavan ···a senai i qinaljan kamayan a
itua u calinga a galjungegungegung a ljingav
ini a na makeljan a vali tu i pasainuinu a sivalian
au qemaluvuluvu tua u quvalj
saka makudja ini a sivali sa u singelitjan tua u qinaljan

ai~ anga kavaluan i caljisi nu kalja vevean
ai~ anga i cekecekes i caljisi nu kalja iuragan
ai~ anga qinaciljay a umaq i caljisi nu kalja zalangzangan
ai~ anga pana i caljisi nu kalja ljaljeqelan

1999.07

北大武山之巔 排灣族新詩
i cingur i tjagaraus

野百合唱

我的思念氾濫成災
在車水馬龍的台北城
一個回首
片刻停留
一次轉身
萬丈高樓
即便是街上的人群
還是眼前的霓虹淹沒了我
總是沒來由的翻開掌心…部落的歌聲迴盪在我的耳邊
沒有方向的風吹亂了我的頭髮
卻吹不走我思念的戀戀故鄉…

思念野百合　在射鹿部落的春天
思念旗鹽山　在射鹿部落的秋天
思念石板屋　在射鹿部落的夏天
思念射鹿溪　在射鹿部落的冬天

sidjuasan a qipu i kavulungan a pitjalad tua u varung

pavacaqan nua qerepus

rakacen a raruaruq a rumuk a kemasi tua calinga ni sa pulalengan a

sevacaq

paqedjev a en a pacun

pasa lanak i cadja

pinutjitjetjitjeqan a gadju nua djeljur

masitua maca nua ruqaljuqaljup a sevacaq a pinceviceviq anga

sicuayan a milimilingan

tjemeqang a en a pacun

a i kavulungan a gadjugadju

pai sidjuasan a qipu i kavulungan pitjalad tua u varung

2010.05

在我心裡抹上一抹大武山的淨土

白雲穿透
在布拉冷安的耳際拉出一條長長的細絹

我凝視著
遠方平地

山谷縱橫
從老獵人的眼睛排列起一段一段的史詩

我仰望著
大武山脈
請在我心裡抹上一抹大武山的淨土

a pinivarung a kalevelevan

inu a i kalevelevan a syayaya
i cadjanga aravac tanuaen tucu pai

i tua pinivarungan a qinaljan
qerepurepusan a palingulj
i tua pinivarungan a qinaljan
calisilisi a kacedjasan
i tua pinivarungan a qinaljan
izua luseq atua zenzengan a na mapatataud

tevutja ti kama itua qerepus a na kemasi cemecemel a lemuiluv
na temakit
a italad tua sikau ni kama
izua lukuc
izua qaljanget
izua ljavilu

tucu na ingeruq anga en tua u pudjek nu aya en
tu i makudja
pasa na petalizamu sa ngereq

vencylj a kemasi kakuzu tua nia sikavaljut a kakanen ti kina
pinu tjakalj nimadju
au aza uri nia sikavaljut a kakanen
izua vinuljukui a vurasi
izua cinavu a vutjulj
izua sinan syav a makapana a qucys

心的天堂

所謂的天堂在哪裡
如今是否離我很遠

在心中的部落
濃霧瀰漫著
在心中的部落
傾斜向陽著
在心中的部落
有淚光和汗水的交織

打獵的父親從森林的迷霧裡出現
獵刀繫在腰間
父親的背包
有山蘇
獸夾
假酸漿葉

如今我說　我已經剪下了臍帶
不知為何
面容越是憔悴

母親從爐灶裡盛上生命糧食
放在竹墊
我們的糧食
有切塊的地瓜湯
有假酸漿葉捲肉
有苦花魚湯

tucu na meqaca anga en i sasasav a na ipusensengan nu aya en
tu i makudja
na mapuqenet sakamaya azua i gadju acavilj katutazua

demelideli a qayaqayam i cacavalj
sinipukeljan nua cemas tua levan
demelideli ti vuvu ipuvasan
makeljan tu na mapulami timadu
minkulakulat a qaqunuan i taiteku tua djaraljap
ljemakaljakai tua niyamadu a zikang

a i~nu anga kalevelevan tucu ayau
tu i makudja
peluseluseq a en a kemim a ini a madumak i tua u sepi

qemauqaung ti kama ati kina nu salilim i qerengan
namaya uta a makelukelu a luseq kemasi kalevelevan

au
a djalan a patekalevelevan uri pasainu a vaik
a i makayasicikel a mazi tua u pinivarung a kalevelevan

2010.03

如今我說　我已經長大成人在外專攻事業
不知為何
山中的歲月痕跡依舊烙印深處

郊外的畫眉嬉笑　傳達上天的喜悅
芋頭園裡的祖父微笑　顯出他豐盛的收成
榕樹下的小孩嬉鬧著　搖盪著童年的時光

如今的天堂究竟在何處
不知為何
在夢裡流著淚找尋不著

父親和母親在夜裡的床邊哭泣
天空也在流淚

那麼
要往天堂的路該怎麼走
是否可以回到我心的天堂

sisenai a singelitjan tua i qinaljan

salilim itua alja iuragan
itua u i na lingedjeljan a kinaizuanan na masuav anga ásav i teku
au manu sinavutja anga a malap a vitjuqan i kalevelevan nua
patepalalaut anga
itaiteku a en a maru na masan malaic anga a ásav

ipasa taizaya a alja ljaljeqelan
a na mapetjeq anga a qaciljay na sevuqesi i zaleman
au manu ini anga a na ma puqenet a kavuvuan a neka nu isasusu a
pini cacadja
au tiaen i cadja en
a amin anga a na periljay a metjad a kinacavacavan

senai itua singelitan ta i qinaljan
parutjavak pitua kavuvuan
tucu a vengin itua pidja anga nu qadjavan
rinukuz a sityavan
pinizi tua kadjamadjaman a pacun tua i venginan
na masan vutjeqitjeqilj anga a na maljipuru
sa makelu a ljadek sepakiayan a ma tua tjabi ni wan a rusagadjugadju

2000.11

思鄉吟

秋天的夜
佇立的地方落葉滿地
且沒想到晨星早已經被永恆俘虜
我在它底下只是一片枯乾的落葉

北方的冬
破碎的石板散落一地
且沒想到祖靈早已經讓陌生棄置
而我在遠方只剩一縷消瘦的枯骨

思鄉吟
吟唱祖靈
今日是何日
昨日被放在故鄉一隅的某日早晨
化作晶瑩剔透
隨露珠滑落在登山客王先生的鞋

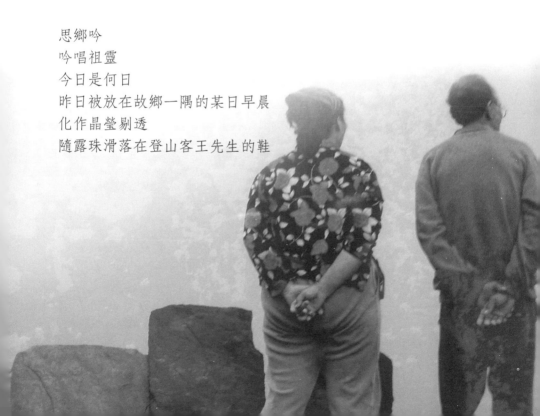

卷六 射鹿人說詩

gemula tua zikan

magalju ai a uri macai a men tua nia djeli
au nu qivu aza ti ama i rutjamkam pai
mangupal pai
au
nu qivu namaya tja mangudjal
ini a ten a pulingalingav ta si qaqivuan
na remedjeli aravac
au nu uri qivu timadju
pengadjai

a i anema pacugan a yau
masinkicu anga ta vava
au izizuanan tiya madju a temeketekel i ruadjiad
uzi zuanan
pasa gemula anga tazua masenseng
azua ri nu itjagas anga tua vava ini anga isalilj
qadjavan anga
au manu titen a puzazav tua puiyuan
azua kasiv a uri siqecen a puqapaz pinasainu anga
uzi zua nan i veljeluan i lalaqitjan
pai ayaya en

2010.06

拖延時間

真讓我們無法置信　我們差一點就笑死
rutjamkam叔父說話的時候
因為他掉牙
而且
說話的時候會大舌頭
我們無法聽得清楚他說的是甚麼
很滑稽
他要說話的時候
會流口水

到底是怎麼回事
可能是酒精中毒了
他們現在還在ruadjiad家喝酒嗎
還在那裡喝
那工作就不用做了
那個只要碰了酒就不會離開了
隨便他了
他的羊舍又不是我們管理
要做圍籬的樹木被放在哪裡
還放在lalaqitjan的溪流邊
你看　我就說嘛

isasav tua paljing

vaik a men a mavavua
talju tjumatjumaqu
nu uri vaik mun a ma tai su vuvu
sausi anga paljing a ljemenguaq

vaik a men a iracev ma palikulikuz
pacucunu anga a su kaka
avan nu vaik a ma ceva i men a palaamu
mantez a men nu tiav

tjalju tjumatjumaqu
vaik a nan a en a cemuljev tua zaljum
pecungucungu a lemalja mantez ti tama nu sauni masi cemecemel
maya ivangavan aravac

cáqi cunu sasubuljang pingdjek
tumaqu sau
amin a su teriuc
ipavavalau nu mantez ti tama i sun a beljati
a nemacu nu aljakan a ivaqil aravac ini a kemeljan ta tjumaq

su sinausiyan anga azua umaq
sausiyu a ljemenguaq
mavan nu tumaq aza vatu
avan nu kanen azua u pinicapan a vutjulj

門之外

我們要去田野
你們在家裡顧家
你們要去外公家時
記得把門鎖好

我們要去後山採山藥
要照顧好弟弟
擔心他會去懸崖邊
我們明天就會回來

你們待在家裡
我先去接水
生火燒熱水　等一下你爸爸就會從森林裡回來
不要只知道遊玩

渾小子　你看你滿身的骯髒
快點回家
你只知道遊玩
你最好等著瞧　你爸爸回來就抽打你
這是甚麼樣的孩子　不聽話不知道回家

你把門鎖好了嗎
要鎖好
否則狗會進去
不然我放在架上的煙燻肉會被吃掉

u zinaqet azua sausi pizi ta qaljiv i taivavav tua paljing
lalau azua qaciljay i su djumaki
maya en a kemaljavaljava
puarutu sakamaya pasa umaq

nu i pairang sun lapan anga en kama tua u cemel
namatucu qa a za papizuanan ta cemel
vucelacelai a quljav tazua papizua nan
inamilikan qa sa vecik pai pacunu a lemaljuai tu i anemaya

2010.05

那一把鑰匙我放在門上面的石板縫裡
把手伸進去你就會找到
不用等我了
就直接回到家裡

兒子你在平地的時候記得幫我拿藥了
裝藥的盒子是這種的
裝藥的盒子是白色的顏色
這些都是外國字　你要看清楚那是寫甚麼

katutjazua salilim a senai itua 1984 a cavilj nua i caljisi a caucau

suqeljevi a en

na tjaqed anga mun
au sun a mantentez
uza tiza i mapuvalavala masinkinki
makudja
mapulav
galjeceegec iten tusa kakudjan
a i nakuya italjebuq tusa vava saka daunge
uza djukulen a en
a i nema u pacevak tjai taqali

anema sidjukul tanusun
asinu a na temekel
asizua i patjaljinuk
tima a salad
ti ucudjunu a tia auving

uza apu
mapu sun
pai tjangtjangan a en
matu na vaik ti ucudjunu a mazi kavulungan i cemecemel
a
aza mangtez ti auving a na kemacu ta vava a si lauz aumaya
pasa tjaljuzua anga i taiyamadju a temekel
aa iya

1984那一年射鹿人在夜裡說詩

開門

你們睡了嗎
妳怎麼來了
他這個人又在發神經了
怎麼了
喝醉酒
真的很討厭這種個性
為什麼不直接跳進酒裡然後死掉啊
這裡是被他打的
我是對不起他甚麼

他為什麼打妳
他去哪裡喝酒
他去patjaljinuk家裡
跟誰在一起
跟ucudjunu和auving

吃檳榔啊
妳要吃嗎
那幫我做一個
ucudjunu他不是去大武山的森林了
啊
可能是auving剛從平地帶酒回來
所以就在他那裡喝了
啊　是這樣哦

au

nu tiyav uri ivalj amen ta malauz

pai veliyan anga en kiri ta qatiya a ta rusuku

uza uri nekenga nu nia qatiya a ta rusuku

ui

pai qaliusu anga za paisu a makamaza nu tiyav

ui

upai veliu anga ra ta vutjulj a ta si qavai

liav a u lamug a makaya tasi qavai

ui

pai vaik a en a tjumaq

u pacunai i na tjaqed anga ti sinki

u paá mazav anga nu tiav

ui

paqenetju

2000.11

那麼
明天我們想要下山
那妹子啊幫我買鹽巴和蠟燭
我們剛好快要沒有鹽和蠟燭
好
那明天就從我這裡拿錢
好
妹子啊那再買肉了我們來煮湯圓
我有很多小米已經和好的了　我們可以拿來煮湯圓
好啊

那我先回家了
我去看看那個神經是不是已經睡覺了
我明天再經過妳這裡
好
要記得啊

ljavaran i gadju

nakemudja azua nu sina lauzan i djalan
a vaik amen a tyav tau maljiyaljiya a nan
a djemaljun a men i paiyuan
semekez a nan amen i pacekelj
sa tjemekelj a nan tua vava a su aljak ati sa zyuti
na malap ta vavui ti cu w rai
pai pasa puraket a men ta qadjav izi zua

au katutazua
a vaik a men
uri masulem anga
maljian a qaqa a vaivaik amen a pasa tjanavakung i djalan
mayanga sa nia tinukur a kemacu sa vaqu vurasi atua uri sipaveli a
cukunu
a demaljun a men tazua gadju i tumapaljapaljai sa nia si ilipi a
ljelauz anga tazua djalan
mayanga uta i na djalut na zua djalan
magalju a uri maucek a men ayau
i tazua ceva ai ai ai ai
mayanga pulav i djalan
ai~í ai

山中談話

妳們下山的情形如何啊
我們昨天一大早就出發
我們抵達舊筏灣的時候
我們還在pacekelj家停留
然後你姪兒還跟zyuti一起喝酒
周烏來有抓到一隻山豬
所以我們待在那裡很久

那麼當時
我們離開的時候
已經快要傍晚了
我們走往崑山的路段烏鴉真的很多
而且我們還背負了許多的小米地瓜和要販賣的愛玉子
我們走到鱈葉根山邊　翻越過山脊後就要走下坡路段
更糟的是那一條路段非常滑
在那一段懸崖路
無法想像的　我們差一點就死啊
更何況這一路上的酒醉
啊～呀

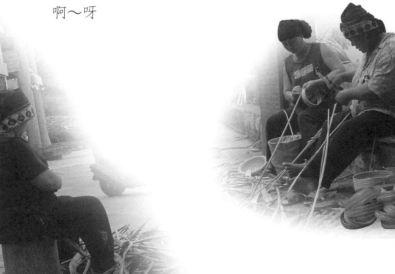

au
a djemaljun a men i makazayazaya pai
quzemezemet anga
sa nia tevavav tazua utubai
manu aqevutjan a men nazua djiki na utubai i djalan
pai paramurcu ayamen uta
maya nia pinivavav a uri telutelu anga putjung tazua cukunu
sa maljian a nia sinikau a nia kinararai
u ú
samalji a en sa amaya
ta nia si na djalanán

au namakudja pinucekeljan nazua lja rupavatjs
ini a makudja
nacemulju ta qacan tu rusa
avan anga aicu a u kinacu a djaqesip a vudjulj
a mana su qarut
iya

2010.05

然後
我們到達瑪家村時
已經是黑夜了
我們騎上摩托車
騎乘沒多久的時間車燈突然燈熄滅了
當時我們乘載著已經是快要三大袋的愛玉子
心裡不由得感到無奈
另外我們身上還揹著和掛著的東西
喔　真的
我真的無法想像
我們這一路上的行程

那rupavatjes那一家的結婚情形如何啊
沒有問題
殺了二隻豬
我今天帶來的
是妳的那一份前腿肉
是

排灣語　語音符號對照表

輔音

發音部位及方式	本版	國際音標
雙唇塞音（清）	p	p
雙唇塞音（濁）	b	b
舌尖塞音（清）	t	t
舌尖塞音（濁）	d	d
捲舌塞音（濁）	ê	ê
舌面塞音（清）	tj	
舌面塞音（濁）	dj	
舌根塞音（清）	k	k
舌根塞音（濁）	g	g
小舌塞音	q	q
雙唇擦音（濁）	v	v
舌尖擦音（清）	s	s
舌尖擦音（濁）	z	z
喉擦音	h	h
雙唇鼻音	m	m
舌尖鼻音	n	n
舌根鼻音	ng	N
舌尖塞擦音	c	ts
捲舌邊音	l	ñ
舌面邊音	lj	´
舌尖顫音	r	r
雙唇半元音	w	w
舌面半元音	j	j

北大武山之巔 排灣族myth
i cingur i tjagaraus

元音

發音部位	本版	國際音標
高前元音	i	i
高後元音	u	u
央元音	e	«
低央元音	a	a

田哲益的台灣原住民九大族群口傳文學

作者簡介： 田哲益（布農族名：達西烏拉彎・畢馬）

文學一九五五年生，布農族巒社群卡豆諾蘭人，南投縣信義鄉人，國立政治大學中文研究所畢；任職台灣布農文化藝術總監、台灣省名姓淵源研究協會《台灣源流》雜誌總編；學術研究遍及台灣原住民文化、中國民俗學、中國民間宗教及神話與傳統、中國少數民族研究等；著有《台灣原住民生命禮俗》、《台灣原住民歌謠與舞蹈》、《閩話中國的文明與貢獻》、《台灣布農族風俗圖誌》、《台灣布農族的生命祭》等書。

45
《泰雅族神話與傳說》
496頁／380元

★榮獲2003年聯合報
　讀書人最佳書獎

泰雅族，分布台灣最廣、支系最多族的族群，流傳於部落的神話故事更是不勝枚舉，其起源傳說故事就有六種以上的不同發源；本書更是詳盡蒐羅泰雅族各部落間的傳說故事，並有系統的分為三十八個主題，深切展現泰雅族社會中各種制度、文化的發展或構成背景因素。

46
《賽夏族神話與傳說》
304頁／280元

★榮獲2003年聯合報
　讀書人最佳書獎

賽夏族，在台灣原住民族群中人數次少，卻留有豐富的神話傳說故事，尤以影響其歷史文化最鉅的「矮黑人」故事不但成為賽夏族信仰中的一環，亦左右著其生活；本書集結了賽夏族的神話傳說，共分為二十六個主題深切展現賽夏族社會中各種制度、文化的發展或構成背景因素。

47
《鄒族神話與傳說》
366頁／300元

★榮獲2003年聯合報
　讀書人最佳書獎

鄒族，目前原住民人數最少的族群以狩獵及出草等活動來建立個人、家族的身分與社會地位的傳說不勝枚舉；本書中即蒐羅鄒族各部落間的神話傳說故事，並分為三十三個主題，除了展現鄒族深層的文化外，更提供讀者對鄒族社會各種制度的思考切入點。

48
《布農族神話與傳說》
496頁／380元

★榮獲2003年聯合報
　讀書人最佳書獎

布農族，素有「中央山脈守護者」之稱，是台灣原住民族群中活動率最強的族群，其族群居處高山，關於布農族的神話傳說便充滿著與大自然相關的各種神奇色彩；本書中蒐集有布農族各部落間的神話傳說，並劃分為三十五個主題，讀者可由各主題深入了解布農族的社會、宗教、經濟、傳統風俗等。

49
《排灣族神話與傳說》
352頁／300元

★榮獲2003年聯合報
讀書人最佳書獎

排灣族，在台灣原住民族群人口數排名第三，自稱為「百步蛇之子」，從排灣族的日常生活用品、藝術創作、服飾刺繡中處處可見關於百步蛇傳說的故事；本書中蒐集有關排灣族的各部落神話傳說，作者將此書分為三十三個主題，並於每個故事後面說明故事的構成背景因素或發展過程。

50
《魯凱族神話與傳說》
352頁／290元

★榮獲2003年聯合報
讀書人最佳書獎

魯凱族，是台灣原住民社會中社會階級最嚴密的族群，此種分明的制度劃分可以延伸至古老的神話傳說，本書廣泛蒐羅魯凱族的各種神話傳說，並有系統的將流傳於各部落間的故事分成三十一個主題，作者並於每個故事後面說明故事的構成背景因素或發展過程。

51
《卑南族神話與傳說》
352頁／290元

★榮獲2003年聯合報
讀書人最佳書獎

卑南族，台灣原住民族群中擁有最豐富的文化遺址，密集的石板棺與精緻的陪葬品讓卑南族的神話傳說更增添神秘的色彩；本書中即蒐羅卑南族各部落間的神話傳說，並分為二十七個主題，作者並於每個故事後面說明故事的構成背景因素或發展過程。

52
《阿美族神話與傳說》
368頁／300元

★榮獲2003年聯合報
讀書人最佳書獎

阿美族，是台灣原住民中人口最多的族群，也是保留母系社會制度最濃厚的一個族群，而這些傳統習俗可在阿美族祖先流傳下來的神話傳說中窺見一、二；本書中即蒐羅阿美族各部落間的神話傳說，並劃分為三十六個主題，讀者可由各主題深入了解阿美族的社會、宗教、經濟、傳統風俗等。

53
《達悟族神話與傳說》
370頁／300元

★榮獲2003年聯合報
讀書人最佳書獎

達悟族，是台灣原住民族群中唯一離島居住的族群，是典型的海洋民族，流傳在達悟族部落的神話傳說便充滿著關於海洋的神奇色彩；本書中即蒐集了關於達悟族的各種神話傳說，並分為三十個主題，且於每個故事後面說明故事的構成背景或發展過程。

54
《邵族神話與傳說》
340頁／220元

★榮獲2003年聯合報
讀書人最佳書獎

邵族，是台灣原住民族群中人口最少、漢化最深的族群，故其神話傳說受漢人文化深刻的影響，混合了濃厚的漢人文化味道；本書廣泛蒐羅邵族的各種神話傳說，並將其分成為二十個主題，且於每個故事後面說明故事的構成背景因素或發展過程。

37
《黥面》
霍斯陸曼・伐伐◎著
定價250元

39
《阿美族傳說》
林淳毅◎著
定價220元

《黥面》塑造了玉山精靈的圖騰，架構出玉山精靈文學的雛型。以布農人的狩獵文化為中心，傳達屬於這個山之精靈族群的生命觀；描述種族縫隙的填補、族群智慧的薪傳，本書已經不是單純布農神話傳說的詮釋，更展示了最真實內斂的布農族靈魂。

《阿美族傳說》收藏了後山阿美族的動人傳說，有眾所熟悉也有沒沒無聞的，這些故事都能滿足你天馬行空的想像，更能認識阿美族人的動人智慧。集結阿美族的祭典故事、部落生活智慧、戰爭故事、精靈傳說，最後是東海岸巡禮，拜訪44個阿美族部落，進行阿美族地名的歷史軌跡之旅。

40
《野百合之歌》
奧威尼・卡露斯◎著
定價280元

41
《神話・祭儀・布農人》
余錦虎◎著
定價250元

作者以一個家族作為魯凱族的縮影，藉由這個家族的故事訴說魯凱族人的生命禮俗，從新生到死亡，伴隨著許多莊嚴的儀式，每一個儀式的背後，都是族人對生命的尊重、祝福與珍惜；並將魯凱族人的生活智慧與人物群像生動地呈現在你我眼前。

來自mai-asag的祖靈傳說，從神話看布農族的祭儀世代與奔馳於山林中的子民們，美啊尚是他們的故鄉、聖地與生命源頭；而太陽與小米，則交織出布農族人的生命歷史與文化內涵。當遠古時由太陽變成的巨人教會他們祭祀的方法與禁忌的那一刻起，美麗的神話伴隨著祭典與禁忌於焉產生，智慧開始累積……。

42
《高砂王國》
達利・卡給◎著
定價360元

43
《泰雅的故事》
游霸士・撓給赫◎著
定價230元

本書中鮮活地陳述著泰雅族祖先起源的歷史傳說，生動的記錄泰雅族社會生活習俗與祭典儀禮，將親身的生活經驗、地理環境與部落耆老傳述所揉雜的記憶，描寫得栩栩如生；更詳述北勢八社天狗部落在日治時期的攻防與歸順，充滿著部落勇士高亢激昂的力度。

作者以部落詩頌、歌謠做為本書的起始，從泰雅族的起源傳說漸層描述著屬於泰雅族的古老又動人的美麗故事、信仰與禁忌，以及祖先們走過的歷史、與生存環境搏鬥後的生活智慧，像是部落耆老低沉的嗓音，吟唱著優美的詩歌，滄桑中帶著讚頌的回憶，環繞周圍，久久不散……

44
《迷霧之旅》
瓦歷斯・諾幹◎著
定價180元

本書分成兩部，第一部是一位在遠離故鄉許久之後，再回到部落生活的青年，用詩人的情懷寫下他重回族群的親身體悟，在九二一地受創後的土地上，目睹族人們心靈交流，翠綠生機再次重現的欣喜。在第二部中，作者上山下海走訪已被年輕族人逐漸遺忘的部落族老，渴望留住即將湮沒的泰雅族歷史。

55
《台灣原住民傳統織布》
王蜀桂◎著
定價350元

以報導文學方式，介紹九族織布法、織布工具、各族織布紋路的差異及特色。作者更深入台灣各部落，找尋九族中仍擁有織布技術的老婦女，企圖喚回一般人對古老織布文化的微薄記憶。透過淺白易懂的內容，讓讀者對傳統原住民織布概念更明確，體認這項珍貴的傳統技藝。

56
《我在部落的族人們》
啟明・拉瓦◎著
定價200元

書中內容選擇以部落小人物的生活故事為主體，以散文與報導文學的多樣體裁呈現。這些小人物的故事，平淡或非凡、讚揚或貶抑、歡喜或悲傷，每個角色都是原住民的化身，每個故事的提問、批判與辛酸，也都在描摹當代原住民所面臨的現象與困境。

57
《泰雅傳統文物誌》
卡義・卜勇◎著
定價250元

★榮獲行政院新聞局「第二十九次中小學生優良課外讀物推介」

當塑膠籃漸取代竹編六角背籃，T恤取代傳統織布長衫，泰雅族高熊頭目卡義・卜勇驚覺，泰雅文物漸漸失傳了。於是，他和身為巫師的妻子開始進行泰雅部落踏查，蒐集已被族人視為無用之物的傳統文物，憑著一己之力及一股傻勁，努力做著泰雅文化傳承的工作……。

58
《太陽迴旋的地方》
——卜袞雙語詩集
卜袞・伊斯瑪哈單・伊斯立端◎著
定價250元

本詩集為作者卜袞繼以《山棕月影》後的第二本以原住民布農族語創作的詩集。作者以文化、語言、書寫的角度，探索布農文化最深沉的內涵，並透過布農族語的寫作提供作為原住民母語教材，以漢語對照讓讀者一窺原住民文化的精緻之美與語言音律之美。

59
《太陽神的子民》
陳英雄◎著
定價280元

陳英雄（排灣族名谷灣・打鹿）是台灣第一位出書的原住民作家，在台灣文學史上具有代表性及先驅者的地位。本書是他近年來的力作，描寫一個排灣領袖家族數代以來的變遷，在歷經百餘年來數次異族統治仍不低首屈服的抗爭血淚史，是一部綿長而壯觀的口傳故事。

國家圖書館出版品預行編目資料

北大武山之巔——排灣族新詩／讓阿淥·達入拉雅之
著.——初版.——台中市：晨星發行，2010.10
面；公分.——（台灣原住民；060）

ISBN 978-986-177-424-4（平裝）

1.原住民 2.排灣族 3.文學

863.851   99016771

台灣原住民 60

北大武山之巔
——排灣族新詩
i cingur i tjagaraus

作者	讓 阿 淥 · 達 入 拉 雅 之 （ 李 國 光 ）
主編	徐 惠 雅
編輯	張 雅 倫
美術編輯	林 姿 秀
封面設計	黃 聖 文
校對	讓 阿 淥 · 達 入 拉 雅 之

負責人	陳銘民
發行所	晨星出版有限公司
	台中市407工業區30路1號
	TEL：04-23595820 FAX：04-23550581
	E-mail：morning@morningstar.com.tw
	http：//www.morningstar.com.tw
	行政院新聞局局版台業字第2500號
法律顧問	甘龍強律師
承製	知己圖書股分有限公司 TEL：（04）23581803
初版	西元2010年10月30日

總經銷	知己圖書股分有限公司
	郵政劃撥：15060393
	（台北公司）台北市106羅斯福路二段95號4F之3
	TEL：（02）23672044 FAX：（02）23635741
	（台中公司）台中市407工業區30路1號
	TEL：（04）23595819 FAX：（04）23597123

定價250元
ISBN 978-986-177-424-4
Published by Morning Star Publishing Inc.
Printed in Taiwan

財團法人 原住民族 文化事業基金會 Indigenous Peoples Cultural Foundation 贊助

以下資料或許太過繁瑣，但卻是我們了解您的唯一途徑
誠摯期待能與您在下一本書中相逢，讓我們一起從閱讀中尋找樂趣吧！

姓名：_____　性別：□ 男　□ 女　生日：　　/　　/

教育程度：_____

職業：□ 學生　　　　□ 教師　　　　□ 內勤職員　　□ 家庭主婦
□ SOHO族　　　　□ 企業主管　　□ 服務業　　　□ 製造業
□ 醫藥護理　　　　□ 軍警　　　　□ 資訊業　　　□ 銷售業務
□ 其他_____

E-mail：_____　聯絡電話：_____

聯絡地址：□□□_____

購買書名：北大武山之巔──排灣族新詩

．本書中最吸引您的是哪一篇文章或哪一段話呢？_____

．誘使您購買此書的原因？

□ 於 _____書店尋找新知時□ 看 _____報時瞄到□ 受海報或文案吸引

□ 翻閱 _____ 雜誌時□ 親朋好友拍胸脯保證□ _____電台DJ熱情推薦
□ 其他編輯萬萬想不到的過程：　_____

．對於本書的評分？（請填代號：1. 很滿意 2. OK啦！ 3. 尚可 4. 需改進）

封面設計 _____ 版面編排 _____ 內容 _____ 文／譯筆 _____

．美好的事物、聲音或影像都很吸引人，但究竟是怎樣的書最能吸引您呢？

□ 價格殺紅眼的書□ 內容符合需求□ 贈品大碗又滿意□ 我誓死效忠此作者

□ 晨星出版，必屬佳作！ □ 千里相逢，即是有緣 □ 其他原因，請務必告訴我們！

_____

．您與眾不同的閱讀品味，也請務必與我們分享：

□ 哲學　　　□ 心理學　　□ 宗教　　　□ 自然生態　□ 流行趨勢　□ 醫療保健
□ 財經企管　□ 史地　　　□ 傳記　　　□ 文學　　　□ 散文　　　□ 原住民
□ 小說　　　□ 親子叢書　□ 休閒旅遊　□ 其他_____

以上問題想必耗去您不少心力，為免這分心血白費

請務必將此回函郵寄回本社，或傳真至（04）2359-7123，感謝！
若行有餘力，也請不吝賜教，好讓我們可以出版更多更好的書！

．其他意見：

請填妥後對折裝訂，直接投郵即可，免貼郵票。

廣告回函
台灣中區郵政管理局
登記證第267號
免貼郵票

407
台中市工業區30路1號

晨星出版有限公司

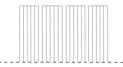

請沿虛線摺下裝訂，謝謝！

更方便的購書方式：

1 網站：http://www.morningstar.com.tw

2 郵政劃撥　帳號：15060393
　　　　　　戶名：知己圖書股分有限公司
　請於通信欄中註明欲購買之書名及數量

3 電話訂購：如為大量團購可直接撥客服專線洽詢

◎ 如需詳細書目可上網查詢或來電索取。

◎ 客服專線：04-23595819#230　傳真：04-23597123

◎ 客戶信箱：service@morningstar.com.tw